SHANGHAI LITERATURE & ART PUBLISHING GROUP

故事会
精品系列

名著故事

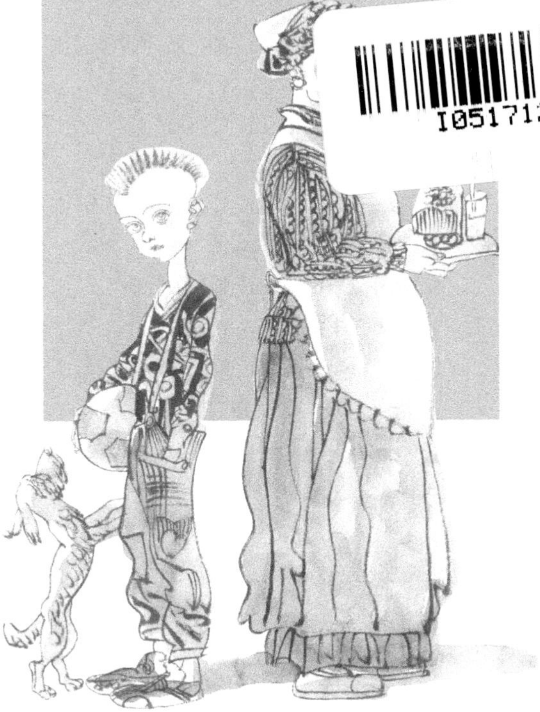

上海锦绣文章出版社
上海故事会文化传媒有限公司

上海文艺出版（集团）有限公司

图书在版编目 (CIP) 数据

名著故事 《故事会》编辑部编 – 上海：上海锦绣文章出版社
（故事会精品系列） ISBN 978-7-80685-746-5

Ⅰ. ①名... Ⅱ. ①故... Ⅲ. ①故事 作品集 中国 当代 Ⅳ. I247.8

中国版本图书馆 CIP 数据核字 (2007) 第 060658 号

丛 书 名：故事会精品系列

书 名：名著故事

主 编：何承伟

编 委：何承伟 吴 伦 姚自豪 夏一鸣

责任编辑：刘迎曦 鲍 放

装帧设计：王 伟

责任督印：张 凯

出 版： 上海锦绣文章出版社

上海故事会文化传媒有限公司

POD 海外发行： 中国图书进出口上海公司

电话：021–36357888

传真：021–36357896

地址：上海市虹口区广中路 88 号

邮编：200083

海外 POD 发行版本

目　　录

编者的话

《故事会》杂志是上海文艺出版总社旗下一本以发表故事为主的通俗文学刊物,其发行量在中国乃至世界文化综合类期刊中一直名列前茅。

改革开放以来,她始终与时俱进,不断开拓创新,以积极健康的思想内容,清新明快的节奏,生动活泼的风格,亦庄亦谐的美感,赢得了海内外数千万读者的喜爱。

无数事实、经验和理性已经证明:好故事可以影响人的一生。而以我们之见,所谓好故事,在内容上讲述的应是做人与处世的道理,在形式上也应听得进、记得住、讲得出、传得开,而且不会因时代的变迁而失去她的本质特征和艺术光彩。

为了让更多的读者走进好故事,阅读好故事,欣赏好故事,珍藏好故事,传播好故事,我们特编选了一套"故事会精品系列"以飨之。其选择标准主要有以下三点:

一、在《故事会》杂志上发表的作品。

二、有过目不忘的艺术感染力。

三、有恒久的趣味,对今天的读者仍有启迪作用。

愿好故事伴随你的一生!

故事会编辑部

　　森村诚一，日本著名作家，1933 年 1 月生。1967 年以《大都会》登上文坛，1969 年发表《高层的死角》，获江户川乱步奖。主要作品有《人性的证明》、《野性的证明》、《青春的证明》等一百多部。

　　本故事根据他的小说《幻灭》改编。

蛛丝马迹

　　小高省吾和松江俊吉是同人杂志《潮流》的创办人，两人平时关系不错，又都喜欢写小说，但相比之下，松江写出来的小说要技高一筹，只不过从不在外面发表。

　　这天，松江拿出刚写好的一部长篇小说给小高看，小高只用了半天的工夫，就把它一口气读完了，心里又是羡慕又是妒忌，心想：自己如有这样一部小说就好了。就在这时，他的眼光落在一张报纸的标题上,上面写着某杂志社将举办一次文学大赛,特向社会广泛征稿。小高看了灵机一动,就拿着报纸怂恿松江应征。

松江一听连连摆手,瞪着个近视眼说:"不行,不行,我只在《潮流》上胡乱写写,投到外面我一点也没有兴趣!"

小高建议道:"那么就以我的名义去投稿,得了稿费再一人一半,怎么样?"松江想了想,答应了。

没料到这部小说参选后被评委们一致看好,获得了一等奖,小高还获得本次大赛的"新人奖"。从此,各种约稿信纷至沓来。小高便三天两头跑到松江家求他写稿,写好后抄上一份,署上自己的姓名发表。

本来是太平无事的,可不知从什么时候起,聪明的松江竟学会了赌博,什么赛马、赛车、麻将、纸牌,样样都来,而且十赌九输。这样,稿费刚开始是对半分,发展到后来是三七开,再到后来是全都要,就这样松江还是三天两头要钱,说不给钱的话就把真相说出来。

小高这下懊悔不已,心想,再这样下去的话,自己不被逼死,也要被逼疯啊,于是他心里动了杀机。

经过仔细勘察,他选定鲛浦作为下手的地点。这是个秀丽多姿的半岛尖端,有高达几十米的断崖可以观海,有"自杀胜地"的称号。等万事俱备,小高便主动给松江打电话,说自己住在鲛浦的旅馆里,让他带稿子来这儿取钱。

松江果真上钩,两人在断崖上会面了。寂静的深夜,海面上漂起点点渔火,波涛撞击着脚下的岩石,夜里看去也泛起片片白光。

松江接过小高的钱后,从口袋里掏出一篇小说稿,说:"真是对不起,我好久没写小说了,这两天我赶写了这一篇,你看看怎么样?"

"不急,等会儿再看吧,"小高接过小说稿,动情地说,"这儿的风景真美啊!"说着,他为松江点上一支烟,两人悠然地眺望海景。过了一会儿,小高趁松江不备,用手使劲一推,松江"哎呀"一声就从崖上坠落下去……

小高很兴奋,一回到旅馆房间,便迫不及待地打开松江的小说稿。这篇小说题为《湮灭的溪谷》,写的是追捕的警官和被追捕的逃犯跑进山中的溪谷,正遇上暴风雨,大水把入谷的木桥冲走了,两人被困在谷中的传奇经历。小说生动地刻画了敌对双方身陷绝境的心理状态,令人心弦震颤,此外对自然情景的描述也异常生动。回东京后,小高便将小说抄了一遍,投寄给一家著名的杂志社。小说发表后在社会上引起很大反响,被评论界认为是小高新的代表作。

却说松江的尸体,是事发第二天早晨被发现的。由于不远处找到了一些钓具,当地警方以钓鱼失足而亡,草率地下了结论。小高心中暗喜,他已神不知鬼不觉地除掉了心腹之患。

三年过去了,小高刻意模仿死者的风格和笔调创作小说,虽不及松江写得精彩,但总体水平还过得去,小高渐渐地成了一个有影响的名作家。

一次,一家著名杂志社特聘小高担任短篇小说创作新人奖的评委。在应征的几百个短篇小说中,小高对一个叫家永的作品评价极高,他努力说服了其他评委,最后家永获得了本次大赛的"新人奖"。

过了几天,当选人按照惯例前来拜会小高。一见面,小高大吃一惊,没料到家永居然还是个警官。家永寒暄了几句,便起身告辞,临走忽然想起了什么,问道:"对了,老师,有件小事想请问您:您三年前的大作《湮灭的溪谷》,里面讲到的'仙醉溪谷',老师是亲自去过的吧?"

"是啊,我去过,那怎么样呢?"小高听了一愣。

"不,没什么,我不过是偶然想起而已。"家永从容地含笑道,"听说老师从前是《潮流》杂志社的,是吗?"

"那又怎么样呢?"小高皱皱眉,他不想别人提及《潮流》,那是他的一块心病。

"唔,那儿的编辑中有我一个朋友,叫松江俊吉,极有才气,写作的风格有点像老师您的初期作品。可惜呀,三年前他在鲛浦坠崖死了,不知老师认不认识这个人?"

小高心里一颤,含糊地说:"噢,好像是有这个人,不过我不太熟。"他把刚点燃的烟掐在烟缸里,做出送客的姿势。家永仿佛没有看到,还在絮絮叨叨的,说着说着索性坐下了。"在表现手法上,老师您同松江的确很相似。比方说,松江形容隐身于暗处的女人,就爱说,'好像夜空的远星,明明在眼前闪亮,细看就无影无踪了',而老师您的初期作品,特别是得奖的那部长篇小说,也有类似的描写……"

"你……你究竟要说什么?"听他这么一讲,小高差点儿失控了。

家永的面容还是那么坦然:"请别生气,我在画刊上瞻仰过老师的风采,似乎老师的眼力特别好,有些杂志的专栏文章还特意介绍过,"说到这,他突然话锋一转,"这样的话,老师对远星的形容就有矛盾了。那种现象,只能出现在近视人的眼里,在视力正常的人看来,星星是不会消失的。"

小高暗吃了一惊,他想起松江的确是个严重的近视眼。他想以"这是文学描写,岂能就事论事"的理由来反驳,可话还没出口,家永又开口了:"松江是三年前的夏天死的。在他死之前,准确地说,就是 7 月 9 日到他身亡的 12 日这四天中,老师见过他吗?"

"怎么会见过呢?"小高矢口否认,"我迁居东京后,就再也没有见过他了。"

"是吗?那可就奇怪了!"家永的眼中闪出一道光芒,"告诉您吧,那年出事前,我同他一起到'仙醉溪谷'去钓鳟鱼,我打算通过他了解赌博集团的情况。可我俩刚支起帐篷，暴风雨就袭来了，冲垮了小木桥，我俩只好冒险涉水，那是7月9日的事。刚出谷，崩塌的泥石就堵塞了溪谷，再也进不去了，好险哇！就像老师作品的标题那样，成了'湮灭的溪谷'。可是，老师作品里那种细致的描写，未亲临现场的人是绝对写不出的，也不是用想像就能填补的。当时在现场的，只有我和松江，老师又断言那阶段没见过松江，那么这只能证明：《湮灭的溪谷》不是您的作品，而是出自松江之手。"

小高感到眼前一阵发黑。

家永憨厚的表情消失了，代之以警官特有的冷冰冰的面孔："实际上，我是最近读到《湮灭的溪谷》才产生疑问的。之后，我把老师的初期作品同松江发表在《潮流》上的作品作了对照分析，结果断定完全是同一个人的作品。在松江知情的情况下，老师窃取了他的作品，这一劣行，就为松江的死埋下了伏笔。现在，请您不要认为我是前来拜会您的当选人，我是作为一名警官而来的。"

小高已经听不到家永最后的话了，绝望的阴影遮住了他的视野……

（陈秋生　编写）

（**题图**：箭　中）

蒙塔古·罗兹·詹姆斯(1862—1936),以创作鬼怪故事见长。曾任英国剑桥大学国王学院及伊顿公学院长。

一幅镂刻版画

威廉姆斯先生在一所著名的大学博物馆工作,为该馆搜集有关英国乡村住房和教堂的绘画作品。这天,他收到千里之外一家画店专门为他们博物馆寄来的绘画作品目录,里面还附着一封信。信上这样写道:"亲爱的先生:谨向您推荐我们目录中的第978号作品,如果您对它感兴趣的话,我们很乐意给您寄上。"署名是"布里耐尔",这家画店的职员。

威廉姆斯先生于是翻到978号作品介绍这一页,看到了如下的说明:第978号,19世纪英国乡村住房;作者不详。画面长40厘米,宽25厘米;售价20英镑。看说明,这幅画好像没什么特别呀,不过,既然是画店专门推荐,一定有它的道理,威廉姆斯先生决定买下它。

一个星期后,这幅画被送到了威廉姆斯先生的办公室。此刻,威廉姆斯先生正和他的同事宾克斯先生在喝茶聊天,两个人于是仔仔细细地把画欣赏了一遍,发现第 978 号作品其实是一幅镂刻版画,画面上,一座 19 世纪英国乡村的住房正面对着他们,房子有两层高,每层都有三排窗户,底层正中是这所房子的大门。房子两侧是浓密的树林,房子正前方还有一大片绿茵茵的草地。画的左下角附着一张纸条,上面写着"安宁利府"和"埃塞克斯"两个词儿。

宾克斯先生对威廉姆斯先生说:"'埃塞克斯'?我怎么觉着这词儿有点熟?"

"我觉得这幅画也有点眼熟。"威廉姆斯先生说,"好像在哪儿看到过。"他一边嘀咕着,一边就转身从书架上取下一本书。翻着翻着,突然他的手停了下来,对宾克斯先生说:"你来看,就是这幅,一模一样,这书里说它是一座埃塞克斯的乡村建筑。"

"我说是嘛!"宾克斯先生得意地凑过来看,不过他立刻又嚷了起来:"不对呀,哪儿像你说的一模一样,你看,那幅镂刻版画里明明多了一个人。"宾克斯先生用手指了指画上房子前面的草地。

"我看看!"威廉姆斯先生立刻在那幅镂刻版画前仔细寻找起来。噢,看到了,在靠近画幅边框草地的一角,隐隐约约是有个人,正神情专注地看着他面前的这所房子。"厉害,厉害!"威廉姆斯先生佩服地竖起拇指,在宾克斯先生面前晃了晃,"好眼力,真是好眼力啊!"可是两个人又觉得挺奇怪:既然两幅画一模一样,那镂刻版画里怎么会多出一个人来呢?

因为有事情,宾克斯先生要走了,他与威廉姆斯先生约定第二天再来,因为两幅画的细微差别引起他们的兴趣,他们很想搞明白这到底是什么原因。

一个小时以后，威廉姆斯先生也要下班了，临走之前，他不经意地瞥了那幅镂刻版画一眼。奇怪！好像草地上的那个人从角落里走了出来，身上还披着一件式样古怪的黑色外衣。威廉姆斯先生激动万分地抓起桌上的电话就拨宾克斯先生的号码："快，你赶快到我这儿来！"

"你老兄查到什么线索了？"电话那一头，宾克斯先生的声音也很兴奋。可是，宾克斯先生手头的事放不下来，等他急匆匆赶到威廉姆斯先生这儿时，已经是后半夜了。

这时候，他们两个人再凑到这幅镂刻版画前，"哇！"已经惊讶得闭不拢嘴了：整个画面暗了下来，被洒上了一层银白色的月光，那个披黑色古怪外衣的人正悄悄趴在草地上，朝那座房子匍匐前进。

好半天，威廉姆斯先生和宾克斯先生才回过神来。这究竟是怎么回事？两个人全无睡意，决定连夜查找资料，决心要把这幅神秘的镂刻版画解读出来，可是几乎把书架上所有有关的资料都翻看过了，也没有发现任何线索。两个人又聚拢在版画前，这时候，他们发现，草地上的这个人已经不见了踪影。

"天哪！"两个人几乎是同时惊叫起来，"他一定是进了房子了！"

既然解不开画中的秘密，威廉姆斯先生和宾克斯先生决定就守在画前，看看到底这幅画还会发生什么变化。大约半个小时以后，突然整个画面变得云雾一片，威廉姆斯先生和宾克斯先生神情紧张地盯着画面，渐渐地，他们看出来了，草地上又出现了那个披黑外衣的人，看样子是从房子里出来的，因为他正大步面朝着他们的方向走来，而且臂弯里好像还抱着一个孩子。

画中人很快就又突然不见了踪影，然后画面就渐渐清晰起来,云雾退尽了,月亮落下去了,整幅画又回到了他们白天看到时的情景。这个时候,天也就快要亮了。威廉姆斯先生和宾克斯先生怎么也想不到自己居然度过了这么神秘的一夜。两个人小心翼翼地把画收起来,约定第二天晚上再看,可是画面上从此便没了动静,整整等了一个星期,还是什么也没有等到。

威廉姆斯先生提议请当地著名的格林医生来看看这幅画,他记得格林医生是埃塞克斯人,说不定从他那里能得到点什么。于是,威廉姆斯先生和宾克斯先生立即带着镂刻版画,还有那本从书架上翻到的刊载着一模一样画的书,赶到格林医生的家。

果然,格林医生一看镂刻版画就说:"这不是安宁利府吗!"格林医生介绍:安宁利是12世纪埃塞克斯的一个教堂;当地有个叫弗朗西斯的家族,就住在教堂后面,大家就把他们家族的这个住地称作"安宁利府"。现在这个家族已经没有了,他们最小的一个成员很小的时候就神秘失踪了,弗朗西斯爵士是家族的最后一个成员,他是一个画家,平时一直深居简出,听说后来被人发现死于家中时,身旁放着他刚刚完成的一幅描述安宁利府的画作。

"那么……"威廉姆斯先生打开随身带来的那本书,翻到有安宁利府画的那一页,又指着镂刻版画上那个隐约可见的草地上的人,对格林医生说,"您看这两幅画,您能不能给我们说说这个人是怎么回事?"

"那可就说不准了。"格林先生摇摇头,"曾听一些老人说起过弗朗西斯家孩子失踪的事儿。听说当地有些人就爱到安宁利府去偷东西,被弗朗西斯爵士发现了,就把他们都抓起来,罚他们给他干活,双方为此结下了仇,其中就有一个叫高迪的。后来有一次,高迪带了一帮人去安宁利的树林子里打鸟,被弗朗西斯的手下抓了个正着,双方为此打得不可开交,弗朗西斯把高迪告到法官那里,法官后来把高迪判了绞刑,高迪的朋友为报仇,就掠走了爵士的小儿子。不过依我看,这事儿更像是老高迪自己干的,谁知道他是不是真被绞死!"

说到这儿,格林医生忽然似有所悟:"这幅画,难道就是弗朗西斯所作?"

威廉姆斯先生和宾克斯先生对视了一眼,两个人互相补充着,便把一个星期前那个神秘夜晚发生的故事,一五一十地说给格林医生听。格林医生简直听傻了,目瞪口呆说不出一句话来。他硬把他们两个人留了下来,当晚,三个人又一起守着这幅画,可是再也不见了任何动静。

现在,这幅镂刻版画就放在博物馆里,伴随着这个故事的流传,画前总是有很多人在饶有兴味地细细观赏,但威廉姆斯先生和宾克斯先生那晚的神奇际遇,是再也没有人享受到了!

(李　丹　编译)

(**题图**:箭　中)

小池真理子,日本当代著名作家,1952 年生。毕业于成蹊大学文学系。主要作品有《无伴奏》、《灵柩里的猫》和《爱闻毒牌香水的女人》等。她的作品多以妇女、儿童、家庭为写作对象,在情节构思上有一种怪诞、恐怖之美。

第三种情感

志津子的丈夫叫广中肇,他们的女儿智子今年三岁了。志津子平时喜欢自己做手工和家务,家里到处是她的手工作品:针织坐垫、动物椅垫、刺绣窗帘……就连女儿的玩具都是她自己做的,最近她又参加了法国大菜培训班。

这天晚上,有个叫多田美雪的女人登门拜访,这个多田美雪是志津子大学时的同学,两人关系十分融洽。大学一毕业,多田美雪就去了美国,和一个美国人结了婚,后来不知为什么,她又和那个美国人离了婚，十多天前回到了日本，买了一套离志津子家不远的新公寓。多田美雪不但人长得漂亮，而且现在还是个畅销书作家呢。

自打多田美雪一进门，广中肇就觉得眼前一亮，这位美雪果然漂亮，是那种只在影视剧中才能见到的美女，而她的这种美貌，正好和妻子形成了鲜明的对比。妻子小时候患过小儿麻痹症，到现在右腿还有点瘸。

美雪和志津子坐在沙发上谈得很投入。最后，美雪问志津子：“你们有没有认识的佣人？”

志津子摇了摇头。

“这可麻烦了，这次我搬过来，买了不少家具，一套三大居室的房间，根本打扫不过来。”

“这个嘛，”志津子低头想了想，“这一带还真没有职业介绍所……”

“别找什么职业介绍所，我还真不喜欢陌生人来我家，有认识的人最好。志津子，过去你不是挺喜欢厨艺和打扫房间的嘛，你能帮忙吗？”

听到这话，志津子不禁涨红了脸，问道：“我行吗？”

“行！你每个星期只要来一次就可以了。我不在的时候，钥匙就交给你，我家里有吸尘器、洗衣机，你只需帮我收拾收拾厨房、起居室什么的。怎么样？当然，酬金方面我不会让你失望的。”

“行，那我就试试！星期三吧，这天下午我有空。”志津子小声地念叨了一句，她想把上午的烹饪课和下午的外出服务集中在一天。

“那就这样定了，星期三！”说完，美雪起身告辞，广中肇和志津子连忙站起来，把美雪送到门口。

很快星期三就到了，志津子上午去参加了烹饪培训班，下午第一次去美雪家做事。傍晚广中肇回到家,志津子兴致勃勃地讲起了在美雪家的见闻。广中肇听得有些不耐烦,便换了一个话题说:"烹饪学校怎么样啊?"这时志津子依然满脸通红,兴奋地回答了一句:"也不错呀!老师讲得很棒,今天教的是法式奶酪的做法。我想让你尝一下,就没舍得吃,带回来了。"

接下来的每个星期三,志津子都是这样度过的,而且星期三的晚饭,大体上都是志津子根据课堂上讲的内容,做上一道法国菜,而饭桌上的最后一个话题,就是美雪家如何如何……

广中肇却越来越感到家中杂乱无章了。美雪起先只是在星期三才叫志津子去,可后来每星期竟要志津子去两三次,而且也不单单是打扫卫生和买买东西了,有时美雪还要志津子做好晚上招待客人的开胃小菜,准备夜宵,甚至还要她去银行交房租,把支票兑换成现金等等。

广中肇渐渐不满起来,他觉得美雪太不像话了,自己不缺胳膊不少腿,总不见得一辈子靠别人伺候吧,况且志津子的右腿还有残疾呢!于是,他心里渐渐有了杀机……

三个月后的一天,志津子的母亲突然得了轻度的脑血栓,家中带信说要志津子回去照顾母亲。广中肇暗想,这是个天赐的良机。晚上下班一回到家中,他就给美雪挂了个电话。美雪这几天患了重感冒,又没有志津子照料,整整一天连饭都还没有吃过呢!广中肇一听,正中下怀,忙说:"那么这样吧,家里有志津子买来的水果,我给你送点来怎么样?"美雪听了,连声道谢。

挂断电话,广中肇立即换上早就准备好的衣服,把皮革手套塞进裤袋里,然后把腰带团成一团,放进另一侧的裤袋里。他没关灯,也没关电视机,锁上门后就悄悄溜了出去。

来到美雪家,广中肇先咳嗽了一下,然后敲了敲门。门是虚掩着的,并没有锁,这时,从里间传出美雪的声音:"是阿肇君吧,太感谢了,请进,请进。""好的,美雪小姐。"广中肇应了一声,然后换下皮鞋,走了进去。房间里干干净净,一定是志津子打扫过的,广中肇的脑子里立刻出现了妻子拖着一条残疾的腿,弯着腰辛辛苦苦打扫房间的情景,想到此,他不禁流下了眼泪。

广中肇忽然意识到自己的处境,赶忙擦去眼泪,调整了一下情绪,打开卧室的门,只见美雪正穿着一件火红的睡衣,冲他微笑。看得出来,美雪化了淡妆,看上去气色挺好,她笑着说道:"辛苦你了,我一个人可无聊呢,一起喝点威士忌好吗?"说着,转过身朝酒吧台走去。广中肇的心跳陡然加快了,他戴上手套,紧走几步,把事先准备好的腰带套在美雪的脖子上,美雪一面用手拼命地推广中肇,一面用力蹬踹着地板,广中肇则用尽全身的力气勒紧腰带。几分钟后,美雪发出一声细长的叹息,一下子靠在广中肇身上,双手最后挥动了一下,然后无力地垂了下来……

见此情景,广中肇心中突然觉得有些恐怖。他从尸体上抽出腰带,然后随手关上门,快步下了楼梯。真幸运,这一路上他竟没碰上一个人。回到家里,广中肇一下子瘫在了地上,过了好一会儿,他才缓过劲来,仔细检查那条腰带和手套……这时,他禁不住得意地笑了起来,这次行动真是天衣无缝啊! 笑着笑着,他突然怔住了,一股不可名状的异样感觉直冲他的嗓子眼:自己袖口上的一枚纽扣竟然不见了,原来纽扣所在的地方还吊着几根线呢。他又看了看另一只袖口,上面有一枚茶色的纽扣! 这枚剩下的纽扣上刻着"H·H"字样,那是自己和志津子姓名的第一个字母。这纽扣是订婚时志津子特意买回来的。

广中肇想:肯定是当时美雪拽自己的袖口,把这枚扣子给揪下来了。怎么办? 他看了一下手表,已经十点半了,现在再去美雪家肯定是很危险的……同时,他又想到,也许那枚纽扣早就掉在别处了,志津子从来没有发觉,所以一直没有补上。但愿如此! 想到这里,他心里稍许平静下来了一点……

可毕竟因为心里有事,第二天上班时,他生怕被别人看出心事,一直提心吊胆的,直到下班后他才松了一口气。回到家,他发现志津子已经回来了,一进门,志津子就说美雪被杀了。

"怎么会呢?"广中肇故作惊讶地反问了一句。他没料到妻子居然成了第一目击者,他也没料到妻子从娘家一回来就去了美雪的公寓。

"你去美雪家干吗?"广中肇问。

"今天是星期三呀!而且妈妈现在只需要静养,所以我就赶回来了。"

广中肇"哦"了一声,接着问:"到底是谁干的?"

"还不知道,但警察认为是熟人作案,因为什么东西也没有被偷走。"

饭桌上,志津子还在说美雪,广中肇有一句没一句地闲搭着。吃过晚饭,广中肇就拿起晚报看起来,这天的晚报也刊登了多田美雪被害的事,内容不多,只是说警方正在调查此事。就在这时,门铃忽然响了起来,广中肇心里一惊,差点从沙发上蹦起来。志津子奇怪地看了他一眼,赶紧过去开门。不一会儿她就回来了,对丈夫说:"是两位警察!他们过来向我们调查一下情况。"

两名警察走进屋来,先问志津子关于美雪的社会交往情况。虽然志津子心情非常紧张,但还是爽快地回答了问题,说到动情处,还流了几次眼泪。问完了志津子,警察又开始问广中肇,在警察眼里,这个人有些神经质,是个名副其实的办事员式的小人物。听完广中肇的介绍,他们点了点头,"啪"地一下合上了笔记本,从沙发上站了起来,准备告辞。

正在这时,志津子和广中肇的女儿智子穿着粉红色的睡衣出现在大家面前,她的手里还抱着一只茶色的布缝的玩具,那是一只广中肇没见过的布熊,大概是志津子用旧的大浴巾做的。

"她是你们的女儿吧?"一名警察微笑着问道,并弯下腰来问智子:"几岁了?"智子灵活地伸出三个手指答道:"三岁。""好可爱的熊呀!是妈妈做的?""嗯,是熊宝宝。"

大家的目光全都集中在智子手中的那只玩具上。广中肇的心"咚咚咚"剧烈地跳动起来。他装出一副若无其事的样子,把女儿叫过来抱在怀里。其实他并不是想抱女儿,而是因为那只玩具熊的两只眼睛,正是茶色纽扣做的,上面也有"H·H"两个大写字母!

幸亏警察什么也没有察觉出来,客客气气地走了。警察一走,广中肇立刻叫住志津子,用颤抖的手指了指玩具熊上的两枚纽扣,问:"这个是你缝上去的?"志津子答道:"对呀,智子非要一个新的玩具,我为了做得更像一些,就用了这两枚扣子……"

"你……"广中肇低沉地说,"这个扣子你是在哪里找到的?"

志津子低下头,哆嗦着嘴唇:"非要我说出来?"

"是的。"

志津子突然抬起头,痛快地答道:"在美雪那儿找到的。我像个女佣人一样为她干活,她家的地毯上别说多了一枚我非常熟悉的纽扣,就是多了一根针,我也一清二楚。要不是我在警察到来之前收了起来,这会儿你还不定……"

广中肇沉默了,他一句话也说不出来。半天,他才用嘶哑的声音问道:"你打算怎么办?为什么一直不说出来?"

"我知道你憎恨这个女人,其实我也烦了,只不过为了多赚几个钱。可在别人看来,你并没有杀害美雪的动机,所以我可以掩护你。不过作为交换……"她看了看丈夫,接着说,"你和我离婚吧。"

广中肇突然屏住了呼吸,以为自己听错了:"你说什么?"

志津子像变了个人似的,一字一顿地说了下去:"对不起,请和我离婚吧,我说的是真心话,我已经厌倦了这样的家庭生活。我和烹饪学校的老师好上了,这个老师非常活泼,也非常爱我。

他说我一离婚,他就娶我,然后我们一块儿经营这所学校。"

广中肇张大了嘴巴,觉得志津子像个陌生人。志津子丝毫不顾丈夫的反应,继续说道:"我成了美雪的专门佣人,但她也爱上了我的恋人。她在这件事上很有一套,晚上我和老师幽会时,她就会打电话找我。多亏你下了手……"

"不会的!"广中肇大声吼道。

"如果你不同意离婚的话,"志津子胸有成竹地说,"我就把纽扣的秘密告诉警察。"说着,她抱起玩具熊,凝视着窗外的夜色,仿佛恋人就在她的眼前一样……

（李　华　编写）

（**题图**:箭　中）

小泉玄冬,日本现代作家。主要作品有《发明》、《恐怖故事》、《生死抉择》等。他的作品想像力丰富,情节构思严密。

戒烟同盟

有个男子,原来是个烟鬼,见到烟就没命。后来一次体检时,医生说他肺部有阴影,必须戒烟。老婆也整天吵着要他戒烟,说抽烟会影响儿子的发育。男子没办法,决定戒烟。

这天,男子坐在一家咖啡店的角落里看小说,旁边的客人们喝着香浓的咖啡,或是细声聊天,或是沉浸在书本的世界里。男子眉头紧锁,神色非常不安。他所在的地方是里屋的禁烟区,看着那些烟民在外屋吞云吐雾,他心里愈加烦躁。空气中飘来一股香烟的味道,他狠狠地吸了一口,但是烟味实在太淡,他觉得非常不过瘾,心想:戒烟真是太痛苦了!

正在这时,一个端着咖啡杯的老头笑眯眯地向他走来,招呼说:"小伙子,在戒烟吗? 不容易啊!"

男子一惊:"你怎么知道的?"

老头善解人意地笑道:"呵呵,我很明白你的感受,因为我也正在戒烟。不过幸亏我加入了戒烟同盟!"

听到"戒烟同盟"四个字,男子脑子里就浮现出一堆戒烟者互相激励、互相痛斥吸烟害处的情景。可是他转念一想,要是加入这种组织就能戒烟的话,早就满大街都是了……

老头好像看穿了男子的疑虑,乐呵呵地接着说:"这个同盟非常特殊,限定只能有 10 个人加入,如果破了戒会马上被除名。上周我们刚开除了一个人,现在只剩下 4 个人了,所以我来找人加入。"

"是吗? 那怎么加入呢?"男子问。

老头神秘地一笑,用手比划了一下,说:"加入同盟前必须先交 10 万元押金。能坚持戒烟到最后的人,就可以拿走所有人的押金。"

"所有人的押金?"男子惊叫起来,"那中途吸了烟会怎样?"

"不会怎样,只是会被除名,而且押金也会被没收。我们的同盟发展已经有段时间了,不断有人进出,现在押金总额已经超过 500 万元了。"

"500 万?"男子激动得声音都有点走调了。

老头平静地说:"怎么样? 加不加入随你便。或者你可以先去我们戒烟同盟的总部看看,就在附近。"

"好!"男子把剩下的咖啡一饮而尽,然后随老头出了咖啡店。

老头带着男子来到戒烟同盟总部。房间里空荡荡的,房中央摆着一张桌子,桌子四周围着 10 张椅子,桌子上面则放着一个大保险箱,桌子和保险箱看起来都非常牢固。房间里已经有 3 个人了,全部都是 60 岁以上的老人,他们围着桌子坐着,微笑着欢迎男子的到来。

老头介绍说:"今天是检查的日子。我们每周检查一次。现在我们要检查大家有没有认真地戒烟。"随后,他打开抽屉,拿出一张白色的小纸条:"这是用来测试嘴里尼古丁含量的试纸,虽然试纸有很多种类,但这一种是世界上最精确的。一周内吸过烟的人,把它含在嘴里,它马上就会变成褐色。"老头说着,把纸含在嘴里,过了几秒钟取出来,纸还是白色的。

其他几个人也试了,纸都呈白色。男子也半信半疑地拿过来测了一下。他戒烟才第二天,试纸果然变色了,这下他完全相信老头说的话是真的了。

"怎么样?你也加入同盟吗?如果你戒烟成功,你就可以拿走保险箱里所有的钱了。"说着,老头打开了保险箱。看着保险箱里一捆一捆的钱,男子眼都直了,那确实有 500 万啊!

"只是……我有个问题,"男子边看巨款边说,"如果全部人都能坚持戒烟,一直都没有人退出,那这些钱怎么办呢?"

"哦,这个嘛,如果全部人都能坚持戒烟十年,那谁活得最久,钱就是谁的啦。"

男子咽了一口口水,心里暗喜:这些老家伙都是半只脚踏进棺材的人了,就算全部人戒烟成功,活得最久的人还是我嘛!于是他迫不及待地又继续问:"那怎么增加新成员呢?"

"这个嘛,"老头边点头边说,"劝别人加入是比较麻烦的事,所以都交给新人去做。我是这里最新加入的成员,所以我负责把你带来了。当然,你若加盟的话,就轮到你去找新人了,找到新人后你就不用再去找了。"

男子高兴极了,心说:我才不去找呢!只要坚持不吸烟,一直活下去,这些钱迟早都是我的!于是,他毫不犹豫地与老头签下了加盟书。

加入戒烟同盟后,男子戒烟戒得很顺利,即使是憋得实在难受的时候,想想保险箱里的巨款,男子的所有烦躁和不安都一扫而光。

一周后,他去戒烟同盟做检查,刚开始的时候,他怕那些老家伙在试纸上做手脚,不过很快他就放下心来,因为检查的时候大家都用同一张试纸,根本没人可以做手脚。男子把试纸含在嘴里,试纸果然没有变色。老头却显得有些不耐烦,催着他去找新人加入,男子嘴上答应,可暗地里想:我才没那么傻呢!

第九天,男子和同事们去酒吧喝酒。酒过三巡,大家纷纷掏出香烟,顿时包厢里烟雾缭绕。男子集中精力想着保险箱里的钱,以此抵抗此情此景的诱惑。陪他们的一位小姐很快发现,就这个男子一个人没抽烟,便问道:"你怎么了? 不舒服吗?"

男子笑笑,说:"没什么,只是想抽烟而已。"

"那就抽啊,来,我这里有。"小姐说着,把自己的香烟盒递给男子。

男子仔细看了那小姐一下,小姐笑得很诡异,男子心里猛地一惊:啊! 明白了,这小姐一定是那些老家伙的手下,她要诱惑我吸烟,骗掉我的十万块钱。哼,想骗我,没门! 反正合同已经签了,只要我能坚持下去,那些老家伙死了之后,钱就是我的了。想到这里,男子带着胜利的微笑拒绝道:"不好意思,我在戒烟。"看着小姐惆怅的样子,男子得意极了。

又过了两天,男子跟上司和同事一起吃午饭。正所谓"饭后一支烟,快乐似神仙",大家吃完饭后都各自点燃了一支烟。男子心里也痒痒的,但是一想到那些钱,他立刻连神仙也不想当了。为了分散注意力,男子拿着餐牌乱翻。

上司早就注意到他最近有些魂不守舍,于是关心地问道:"嘿,最近是不是遇到什么麻烦了?"

"啊,没有,只是想抽烟而已。"男子有些不自然地说。

"哦,刚抽完了是吧? 来,先抽我的。"上司说着,递上了一支烟。

"不用了。我没事，真的。"男子有点慌张。

上司不高兴了，说道："客气什么？来，抽啊！喂，是不是嫌我的烟太低级了啊？"

要在平时，谁敢不抽上司的烟？可是现在，男子顾虑重重：上司该不会也是老家伙们的手下吧？这个很难说，他们的组织不知道有多大呢。不，我可不能认输！于是，男子豁出去了，故意大声地回答道："谢谢。我已经很久不抽烟了。我在戒烟！"

就这样，三周过去了，只要想着那些钱，男子工作上的压力也减轻了，做起事来总是精力充沛，部下出错他也不怎么责怪，一时间受到公司同事的一致夸奖。当然，他每周还是坚持去戒烟同盟接受检查，老人们看上去愁眉苦脸，似乎已经完全被男子击败了。

第五周的一天，男子神采飞扬地和同事们一起去喝酒。可能因为心情实在太好了，所以有点喝多了。男子顺手拿起了包厢桌子上的一个盒子。习惯总是难以抗拒的，桌子上放的正是他同事的香烟盒。

男子点燃香烟，吸了一小口，突然"啊"地大叫一声，赶紧把香烟扔掉，但是已经晚了，从他嘴里吐出来的烟雾已经在他的肺部逛了一圈。男子怒吼道："是谁把香烟盒放这里的？"

同事们吓了一跳，心想：这人刚才还挺高兴的，怎么突然发这么大的火？不过他们马上明白过来，赶紧劝道："啊，对，忘了你在戒烟。不过，抽一点没关系吧。"

"一点也不行！"男子吼道。

"为什么？"

"混蛋！你们知道什么，我要赚那些老头们的一大笔钱呢！你们想陷害我吗？"男子怒不可遏，不顾同事们面面相觑，愤愤地离开了酒吧。

接下来的一周里,男子每天都拼命刷牙,想把嘴里的尼古丁全部清除掉。不过老家伙们准备的试纸质量果然过硬,男子去检查的时候,试纸还是变色了。看着已经变成褐色的试纸,带他加盟的老头平静地说道:"非常遗憾得出这样的结果,我们只能没收你的押金,你被除名了。"

男子带着哭腔央求道:"求求你们,再给我一次机会,我这次肯定可以坚持住的。"但是,他们都摇了摇头。男子看一切都无济于事了,只好哭丧着脸走了。

男子走后,四个老家伙围坐在桌旁乐呵呵地笑了。那个带男子加盟的老头并没把那钱放入保险箱里,而是装进了自己的口袋。其他的人则羡慕地问他:"你这个月已经搞掂五个人了吧?"

老头得意地笑道:"是啊,他是第五个。"

另一个人摇摇头,感叹道:"你真好啊,我才搞掂两个人。"

老头朝他撇撇嘴:"那是你太懒啦!"

这人呵呵笑了:"还行啦,我也满足了。这种生意真是太好做了,我们其实什么也没干,就能轻松拿钱。"

老头点点头,说:"是啊,像那傻瓜一样的戒烟者多得是,这些贪婪的人哪知道我们保险箱里放的是假钞,看到这么多钱,还不乖乖上钩?"

"嗯,对我们来说,戒烟同盟效果真是不错啊,因为我们根本不吸烟!哈哈……"四个老家伙齐声大笑起来。

(徐永辉　编译)

(**题图:**箭　中)

爱德华·D·霍克,美国现代著名的短篇侦探小说大师。迄今为止发表了超过 800 篇侦探小说。他曾是全美侦探小说作家协会的主席,并于 2001 年荣获 MWA 爱德加大师奖。

致命的跟踪

雷·班克罗夫特住在纽约郊外的住宅区,他在纽约城里有着一份稳定的工作,和妻子琳达过着平淡而安宁的生活。但自从那个神秘的跟踪者出现,这种安宁就被打破了。

那是个星期二,雷刚下班回到家,他注意到有个陌生的男人在邻居门口徘徊。那个男人长得高高瘦瘦的,雷第一眼的直觉就觉得他是个外国人,也许是英国人。第二次邂逅是星期五晚上在车站,他们只是偶然地擦身而过。雷想,这家伙可能刚搬到附近来,也许就在邻近社区的某栋新公寓里。

接下来的一周,雷开始注意到他无处不在的身影。这个高个子男人早晨八点零九分和雷一起乘火车前往纽约,中午在饭馆吃饭时他们只隔着几张桌子。雷告诉自己:这在纽约是常事,有时可能一周里你每天都碰上同一个人,毕竟人的生活圈子就这么大。

真正让雷对那个男人产生警惕,是因为周末发生的事。那天,雷和妻子驱车到郊外野餐,突然,他觉察到那个男人正在跟踪他们。在这个离家五十英里的地方,这个高个子陌生人沿着平缓的丘陵慢慢地踱着步,不时地东游西逛,似乎在欣赏着山里迷人的风光。

雷有点生气,他问妻子是否见过那个家伙,自己几乎走到哪里都能见到他。可戴着浅色太阳镜的妻子琳达却摇摇头,说:"我不记得以前见过他。"

"哎,他肯定是住在我们附近。我想知道的是,他到底在这里干什么? 你认为他有可能是在跟踪我吗?"

琳达笑了起来:"雷,别说傻话了,别人为什么要跟踪你? 跟踪你来野餐?"

雷摇摇头:"我不知道,但他总是如影随形地跟在我屁股后面,这未免有点蹊跷。"

确实有点蹊跷!

夏天过去了,九月来临,事情还是怪怪的。有时一周一次,有时两次,甚至三次,这个神秘的男人频频出现,总是踱着步,总是公然出现在雷的周围。

最后,一天夜里,在雷回家的路上,那个男人突然又出现了。

雷实在忍不住了,大步追上那个男人,直截了当地问道:"你是在跟踪我吗?"

那个男人困惑地皱皱眉:"请你再说一遍!"

"你是在跟踪我吗?"雷重复了一遍,"为什么我在哪里都能见到你。"

"是吗? 我亲爱的朋友,你一定搞错了。"

"我没搞错,不许再跟踪我!"

但那个男人只是沮丧地摇摇头,便走开了。雷站在原地,看着他消失在视野中。

这次警告并未使事情好转,接下来的日子里,雷反而越来越频繁地"偶遇"那个男人。

"琳达,我今天又见到他了!"一天,快要忍无可忍的雷对妻子说,"那个该死的家伙!今天我在我们这栋楼的电梯里又碰到他。"

"你能肯定是同一个人吗?"琳达问。

"当然肯定!他无处不在,我告诉你!我现在每天都能见到他,在大街上,在火车里,在餐馆里,现在甚至在电梯里!这简直要把我逼疯了,我敢肯定他是在跟踪我,但为什么呢?"

"你跟他说过话吗?"

"我跟他说过了,诅咒了他,威胁了他,但这不起丝毫作用,他只是露出困惑的表情,然后就走开了,可是第二天接着又出现在我的眼前。"

琳达想了想,建议丈夫给警察局打电话,也许警察会有办法阻止这件荒唐事。但雷觉得这没用,因为那个男人只是如影随形地出现在他周围,却没有采取什么实质性的行动。

"那……你准备怎么处理这事?"听了丈夫的话,琳达若有所思地问道。

"怎么处理?我告诉你吧,下次再看到他时我会揪住他,暴打一顿,逼他交代跟踪我的目的!"雷气急败坏地说。

第二天晚上,那个高个子男人又出现了,他正在雷前面的火车站站台上走着。雷朝他跑去,但那个男人很快就消失在了人群里。

也许整个事情只是巧合而已。

然而那天夜里,雷的烟抽完了,他离开家门朝拐角处的杂货店走去,突然他预感到那个高个子男人会在路上等着他。当他走近闪烁着的霓虹灯下时,他竟真的看到了那个男人,正从铁轨那边慢慢地朝街道这边走过来。

雷想,这事真的该结束了。他大喝一声:"站住!"

那个男人停下来,很不高兴地看了雷片刻,然后转身从雷身边走开了。

"等会儿,就是你! 这事我们得现在解决,一了百了!"

但那个男人依然向前走着。于是,雷一边骂骂咧咧一边开始追起来,他大吼着"回来",但那个男人几乎跑起来了。这时,他们周围已没有了灯光,漆黑一片,雷飞奔起来,跟在那人后面,跑进了沿着铁路并行的那条狭窄的街道。

"混蛋,回来! 我有话跟你说!"但那个外国男人却越跑越快。最后,雷停了下来,累得上气不接下气,前面的那个外国男人便也停了下来。

突然,那人抬起手做了个手势,雷能够清楚地看到他手表上闪闪的荧光,雷知道他是在招呼自己跟上去,雷猛地又跑起来。

那个外国男人只等了一会儿,就又跑起来,他身旁是铁路护墙,几英寸宽的护墙把他与下面二十英尺深的铁路分隔开来。这时候,雷听到从对面方向开来的火车,低沉的呼啸声划破沉寂的夜空,只见那个外国男人绕过一堵砖墙,转过墙角,转瞬间就不见了。此时雷几乎就要赶上那男人了,他来不及多想,随着转过墙角,看到那个外国人正在那儿等着,但此时已经太晚了,那男人向他猛扑过来,雷刹那间就被他的一双大手推得向后跌去,当身体撞到铁轨上的时候,雷看到对面开来的火车正轰隆隆地压了上来,天地间只有恐怖的车轮声……

几个月后,在火车站站台上,透过火车缭绕的蓝色烟雾,那个高个外国男人瞥着身段迷人的琳达——现在她是雷的遗孀,说:"一开始我就说过,亲爱的,一次高明的凶杀其实就是一场游戏……"

（古　苹　推荐）

（题图:佐　夫）

奥斯卡·王尔德,十九世纪英国唯美主义作家。作品多以严谨、机智、巧妙取胜。他的童话故事《快乐王子》世代流传在各国儿童中间。

《家庭宴会》根据他的小说《阿瑟·萨维尔勋爵的罪行》改编。

杰克一心想跻身上流社会,苦于没有门路,后来经人指点,学了一手看手相的本事,渐渐在达官名媛中有了名气。这天,有个叫波德米尔的贵妇人举行家庭宴会,杰克也接到了邀请,他兴奋不已。

宴会上,缠着杰克看手相的宾客不少,正热闹的时候,只听侍者一声禀报:"阿瑟勋爵携西碧儿小姐驾到!"声音刚落地,就见门厅通道上一男一女两个人走了进来,男的自然是阿瑟勋爵,西装革履,英俊潇洒;女的自然是西碧儿小姐了,美貌绝伦,惊艳无比。

熙熙攘攘的大厅立刻安静下来,所有人的目光都齐刷刷地投在这两个人身上。勋爵阿瑟微笑着问:"刚才什么事这么热闹啊?"于是,便有人把手相专家杰克介绍给了他。谁知阿瑟对杰克也表示出了极大的兴趣,伸出手来让杰克替他看一看。

杰克握起阿瑟的手,端详了一会儿,说:"勋爵大人,您就要结婚了!"

"啊,真准!"边上那些贵妇人几乎是异口同声地惊呼起来。

可是杰克却把阿瑟拉到一边,附着他的耳朵悄悄说:"不过,勋爵大人,您的婚期最好推迟一个月。"

"为什么?"阿瑟本来只是凑个趣,现在听杰克这样说,不由有点紧张,"怎么回事?"

杰克没有直接回答,反问道:"勋爵大人,您相信手相这玩意儿吗?"

阿瑟点点头。

"好,"杰克像下了很大决心似的说,"那我告诉您,您在最近一个月里,将有一次劫难。"

"什么劫难?"

"谋杀!"

"谋杀? 我会遭人谋杀?"阿瑟的眼睛瞪直了。

"不不不,"杰克解释说,"手相里说,是您去谋杀别人。"

"谋杀别人? 我为什么要去谋杀别人? 这是要犯法的啊!"

"不,不是这样的,勋爵大人,这并不是您想不想做的问题。常言道,是福不是祸,是祸躲不过。不过,您如果越过了这个坎,您就将一生无忧了,娶妻生子,享不尽的荣华富贵!"

"那照您说,我该怎么做,才能越过这个坎呢?"阿瑟着急地问。

杰克沉思着说:"说是谋杀,这具体也要看您怎么去做了。看得出,您很爱西碧儿小姐,您肯定不想因为这件事情去连累她,所以我劝您推迟婚期一个月,待您把这事儿干完了之后,再和西碧儿小姐一起好好享受生活。怎么样,勋爵大人?"

"那……"阿瑟犹疑着喃喃道,"我该怎么对西碧儿解释呢?"

杰克给阿瑟出主意说:"不如由我来告诉她。当然,我不会说得很具体,我只是说您有劫难,但只要闭门一个月,就会躲过去的,但这一个月里,任何人都不能打扰您,包括西碧儿小姐。怎么样?"

阿瑟想了想,也只能这样了。

于是当天晚上,阿瑟和西碧儿小姐吻别后,便开始了谋杀的准备。他琢磨来琢磨去,把目标选中了那个刚刚邀请他参加过家庭宴会的贵夫人波德米尔。波德米尔已孀居多年,但暗地里一直和阿瑟有来往,现在眼看着阿瑟要娶西碧儿小姐,波德米尔就吃起了醋,说要把她和阿瑟的事告诉西碧儿,后来是阿瑟向她保证婚后也不会断绝和她的来往,波德米尔才罢休。波德米尔成了阿瑟的心病,杰克的手相预言,正好唤醒了阿瑟潜意识里要消除波德米尔的念头。

这天,阿瑟乔装改扮后直奔药店,买来了烈性毒药,然后把它装入准备好的胶囊,放入一只精美的银制糖盒。阿瑟来到波德米尔家。波德米尔一见阿瑟就扑了上来,搂住他的脖子,撒娇说:"亲爱的,听说你要闭门一个月,这可让我怎么过呀!"

"哈哈,我这不是来了吗?"阿瑟温情脉脉地把波德米尔搂进怀里。

波德米尔看到阿瑟带来的漂亮盒子,立刻嗲嗲地叫道:"哇,你又给我送什么好吃的糖果来了?"

"亲爱的,它不是糖果,"阿瑟说,"是给你治胃病的新药。怎么样,最近胃病还是天天犯?"

"是啊!"一提起讨厌的胃病,波德米尔就皱眉头,"也不知怎么回事,吃了多少药了,就是不见好。"她急不可待地把这个漂亮的盒子打开,拿了一颗药丸就要往嘴里放,"阿瑟,这个世界上,只有你最关心我了!这药我现在就吃了吧,省得那该死的胃病说什么时候犯就又要犯了。"

"不不不,"阿瑟立即阻止道,"亲爱的,这种药丸只有在你晚上胃病发作的时候吃才管用。现在有我在你身边,你不用怕。"说着,他就和波德米尔拥吻缠绵起来。

一个小时之后,阿瑟就离开了波德米尔的住处,波德米尔依依不舍地送别他,却不知道阿瑟留给她的那个漂亮的盒子,会送了她的命。

果然,第二天,当地报纸上就刊登了波德米尔胃病发作不幸去世的消息。

一场谋杀就这样悄无声息地过去了,阿瑟终于松了口气,他立即叫来杰克,当面向他道谢,并给了他一笔可观的酬金。可谁知杰克却把钱推了回去,对阿瑟说:"既然报上说波德米尔属于正常死亡,那怎么能算谋杀呢?也就是说,你命中注定的劫难并没有过去,要想后半生高枕无忧,必须再来一次。"

再来一次?阿瑟头疼极了,想来想去,决定这次把矛头对准那个叫罗伯特的勋爵,因为这个人是自己仕途上最强劲的对手。阿瑟动足脑筋,这天,他千方百计搞到一枚微型定时炸弹,把它伪装在一只新款手表里,他知道罗伯特爱好钟表收藏,便以一个崇拜者的名义给他寄过去。他想像着,当罗伯特把玩这只手表时,突然一声巨响就能把他的头炸飞。

可问题是从寄出表的第二天开始,他天天翻遍了当地的大小报纸,也没有看到罗伯特被炸死的消息。只是后来有一则报道说,有人曾经恶作剧,给罗伯特寄了一只冒烟的手表。

这次谋杀又失败了!阿瑟焦躁不安,不知到底怎么做才能越过生命中的这一道坎。眼看一个月的期限就要到了,这天晚上,他独自漫步在泰晤士河畔,正筹划着下一步计划的时候,忽然发现河边条椅上坐着两个人,看背影好像是杰克和西碧儿小姐。

这是怎么回事?他赶紧靠了过去。只听西碧儿小姐对杰克说:"杰克先生,阿瑟到底能不能度过这次劫难?自他闭门以来,我们天天在这里为他祈祷,你能告诉我他到底遇到什么劫难了吗?"

"这个……"杰克犹豫了一会儿,对西碧儿小姐说,"本来我想等事情结束了再告诉你,可是,我终于忍不住了。可爱的西碧儿小姐,我还是告诉你吧,阿瑟命中注定要犯一次谋杀罪,为了让他躲过这一劫,我才让他闭门一个月,可谁知他不听我的劝,真的进行了他的谋杀行动。"

"不,这不可能!"西碧儿小姐尖叫起来,"他会去谋杀谁?"

"小声点,亲爱的!"杰克说,"你不知道,阿瑟其实已经进行了两次谋杀,只是都没有成功。唉,真不知道下一个目标会不会是你!"

"这太可怕了!"西碧儿小姐颤动着肩膀,失声痛哭起来。

杰克顺势就搂住了她,安慰说:"亲爱的,其实我才是真正爱你的人啊!自打我在波德米尔家见到你的第一眼开始,我就爱上你了!"他一边说,一边就把嘴巴凑了上去。

阿瑟这才恍然大悟:自己被这个骗子耍了!他真恨不得一拳头把这个混蛋砸死,可转念一想:慢,我倒要看看西碧儿的反应。

只见西碧儿猛地一把推开杰克,站起来一面哭一面跑:"不,我不相信这是真的,阿瑟不会做这样的事!"

杰克不甘心地追了上去:"西碧儿,你为什么不爱我?为什么?我愿意为你去死啊!"

西碧儿并没有因为杰克的这种表白而停住脚步。

这时候,一个低沉的声音在杰克背后响了起来:"那你就去死吧!"杰克猛然一惊:这不是阿瑟的声音吗?他心里有鬼,腿就软了,一个惊慌,掉进了冰冷的泰晤士河里……

（孙洪鹏　编写）

（题图：佐　夫）

马塞尔·埃梅（1902—1967），二十世纪法国著名短篇小说家，被誉为"短篇怪圣"。此作寓现实于荒唐戏谑之中，以假见真，化实为虚，有故事，有情趣，又有深刻的现实意义，是埃梅的力作之一。

美人卧室

约翰是个公司小职员，一个人住在单身公寓的四层楼上，他留着一撮山羊胡，架着一副黑框眼镜。

三十岁那年，约翰发现自己有穿墙过壁的本领，那天晚上，他刚到家门口，不巧楼道里停了一会儿电，他只好摸黑开门，忽然又来电了，可一瞧，自己竟然已经在屋里，而回头看，房门却还是锁着的。这让约翰很不习惯，他对自己这种奇异的本领感到不快，第二天便去看医生。经过诊断，医生发现约翰患了"螺旋性硬化症"，便给他开了处方，吃一种长效药片，每年服两片。

约翰回家后吃了一片，便将药片往抽屉里一扔，就把这事置之脑后了。一年过后，他穿墙的本领依然如故，不过除非是偶尔疏忽，约翰平时从不施展这种本领，因为他这个人不爱冒险，也不想入非非，每天下班回家，他总是规规矩矩地掏钥匙开门，从门里走进去，根本不想穿墙而入。如果不是发生一件意外事情，他也许就会安分守己一辈子。

那是因为公司进行改革，经理看不惯因循守旧的约翰，觉得他会妨碍改革的顺利进行，便把约翰打发到经理办公室隔壁的一间小屋子，小屋子的门又矮又窄，上面写着"杂物堆放室"。约翰从未受过这样的侮辱，于是他就悄悄钻进小屋子与经理办公室的隔墙中间，只把脑袋从墙里露出来。这时，经理正伏案审阅文件，突然听到办公室里有人咳嗽，抬头一看，吓得魂飞魄散，只见约翰的脑袋悬在墙上，一双眼睛透过镜片正对他怒目而视。这还不算，这个脑袋竟开口说话了："你这个流氓、混蛋、无赖！"

经理被吓呆了，他死命地挣扎一下身子，才从椅子上站起来，冲进隔壁的小屋子，约翰正坐在那里，跟平时一样，一声不响地埋头工作着，经理打量了约翰好久，没发现异样，便回到自己的办公室，可是没等他的屁股坐稳，那个脑袋又在墙上出现了："你这个流氓、混蛋、无赖！"仅仅这一天工夫，约翰骇人的脑袋在经理办公室的墙上出现了二十几次，以后天天如此。可怜的经理被吓得精神失常，住进了疗养院，而新经理一上任，马上就将约翰调回了办公室。

有了这次得意的经历，约翰感觉有一种无法克制的欲望在他身上作祟，他想再施展穿墙之术，从而大显身手。就这样，约翰靠着天生的特异功能，穿墙过壁，频频作案，洗劫银行，抢劫富商，盗窃珠宝店……每次都留下自己笔迹潇洒的化名"哈哈"。

一周后，"哈哈"名声大振，警方一时没能破案，约翰每天就仍是按时上班。每天早晨,同事们一上班,就在公司评论"哈哈"夜间所作的奇案,赞叹他是个了不起的天才、超人!约翰在一旁听着十分开心,终于有一天,他忍不住向同事们宣布,他就是"哈哈",可同事们谁也不信,都冷嘲热讽地笑话他。

约翰为了向同事们证明自己就是"哈哈",于是在这次作案后并不离开,故意让警察抓到,把自己关进监狱。第二天,各报在头版刊登了约翰的照片,同事们果然大吃一惊,都说怎么会有眼无珠,没认出这个约翰同事竟是个奇才。

而约翰呢,进了监狱反而感到自己是个幸运儿,监狱的墙壁很厚实,他穿进穿出觉得真过瘾。就在约翰被捕入狱的第二天,监狱里的看守发现约翰不知什么时候在墙上钉了个钉子,把典狱长的金表挂在上面,还有从典狱长书房里弄来的《三剑客》。这下可把监狱上上下下给搞了个焦头烂额!

这天夜里,约翰虽然受到严密的监控,还是在半夜十二点的时候逃之夭夭了。三天后,他再次被捕,被捕时正和几个朋友在酒吧里喝酒聊天,谈笑风生。被押回监狱后,约翰被关进一间上了五道锁的黑牢,可谁知当天晚上他又溜之大吉,跑到典狱长的客房里过夜。

第二天早晨醒来,约翰按铃叫来女佣,说他要用早餐,女佣被吓得惊慌失措,几个看守闻讯赶来,把约翰从床上拉走,约翰未作丝毫反抗。典狱长恼羞成怒,在约翰的牢门前增设了一道岗,中午时分,约翰却又神不知鬼不觉地溜到监狱附近一家饭馆用餐,吃饱喝足后,他给典狱长挂了个电话:"喂!万分抱歉,我刚才出来的时候,忘记把您的钱包带上,结果被扣在饭馆里了。劳您大驾派个人来,把饭钱付清好吗?"典狱长跑到饭馆,气急败坏地对约翰破口大骂,约翰觉得人格受到了侮辱,当晚又越狱了,从此一去不回。

约翰这次越狱后多了一个心眼,他剃掉小山羊胡,换上隐形眼镜,再扣上一顶鸭舌帽,穿上大花格上衣、高尔夫球运动裤……这样一打扮,模样完全变了,没有人认出他。约翰住到郊区一个小公寓里,早在第一次被捕之前,他就把部分家具和贵重物品搬到了那里,他对穿墙过壁的乐趣有些腻烦了,此时在他眼里,再厚实再高大的墙壁也不过是微不足道的屏风,他向往穿行埃及金字塔。

约翰悠闲地准备着埃及之行,一天午后,他在郊外小路散步,一刻钟的间隔里,竟两次碰见一位迷人的女人,他一见倾心,埃及之行随之被抛到了九霄云外。那位美人也似乎对约翰有意,向他送来几个秋波。可惜后来约翰打听到,那个美人已经有了丈夫,是个醋罐子,生性好疑,而且性情粗暴,每天晚上十点到凌晨四点之间总是跑出去鬼混,把老婆丢在家中,临走时还总是特地给房门上两道锁,每扇百叶窗上也加上一把大锁,把老婆看得紧紧的。有人警告约翰:"她丈夫一刻也不放松,守得严着呢,谁也别想到他窝里'偷油'!"

然而,这种警告只能让约翰欲火更旺。第二天午后,约翰仍去小路散步,又遇见了那个美人,他不顾一切地跟着美人进了附近的一家杂货店,在美人买好东西等候付款时,约翰向美人倾诉了自己的爱慕之情,说自己对她的遭遇完全清楚,可这没关系,他当天晚上一定会到她的卧室去。

美人满脸绯红,摇头叹气说:"唉,你不可能进来的。"可约翰怕什么!到了晚上将近十点钟时,约翰便守候在路旁,眼睛紧盯着美人家那道厚实的院墙。不一会儿工夫,院墙的门开了,出来一个男人,只见他仔细地把门锁好,然后迫不及待地离开了。约翰拔腿猛冲过去,穿墙过壁,顺顺当当地一头扎进了美人卧室。美人惊讶万分,随即张开双臂迎接他,直至深夜,两人有说不尽的柔情蜜意。

不过第二天的情况有些不顺,约翰头疼得厉害。但约翰哪肯为了一点头疼脑热就与美人失约呢？不过,他要吃些感冒药,于是拉开抽屉翻出一个药瓶,上午服了一片,下午又服了一片,这样到了晚上,头疼好了许多,这一次,两个情人温存了一夜,难舍难分,直到凌晨三点钟,方才分手。

穿过美人卧室的墙壁出来时,约翰突然感觉腰部与双肩与墙壁有少许摩擦感,他觉得很奇怪,莫非是吃了感冒药的缘故?当通过院墙时,他明显感到了墙壁的阻力,身体钻进墙心时,他觉得自己的身子再也无法移动了。他心里一惊,猛然想起白天吃的两片感冒药,会不会就是去年医生开给自己的那种抗螺旋性硬化症的长效药片? 自己当感冒药吃了,一定是药力过量产生的结果!

就这样,约翰被永远地铸在墙心里了。直到今天,他的身体依然与石墙化为一体。待到夜深人静时,夜行人经过这里,还能听到仿佛来自坟墓的低沉声音,那是约翰在倾诉他心中的一腔幽怨……

(叶　复　编写)

(题图:佐　夫)

C·戴利·金(1895—1963），美国心理学家、推理小说作家，被誉为"推理小说界的赫胥黎"。自 1932 年第一本作品《海上谜云》起，共写下了系列推理小说三十多部，统称为"海陆空三部曲"。这些作品多发生在海、陆、空某一种远程交通工具上，利用其"封闭隔绝"的特点，使故事充满可控制性的戏剧场景，惊险紧凑，曲折离奇，《百慕大航班》是其中的一个短篇。

百慕大航班

还有五分钟，由百慕大飞往纽约的 1044 次航班就要起飞了。空中小姐詹妮正要登机，她的男友、记者迪克匆匆跑来，塞给她一本杂志，说："詹妮，有人在跟踪我，杂志你收好，照我说的去做！"原来，迪克刚刚查出不久前一艘轮船爆炸是有人在船上放了炸药，策划这起爆炸事件的恐怖分子的名单就夹在这本杂志里,可他已经被对方盯上了,只有交给詹妮带走,"记住,无论如何,一定要将它安全送回纽约报社!"

最后,迪克吻了詹妮一下,又摸出一枚钻石戒指:"本打算到了纽约再拿出来,看来现在就得交给你了,放心吧,过几天我会正式向你求婚的。"他说完就急匆匆地走了。

看着迪克远去,詹妮这才回过神来,她将杂志塞进背包,赶紧上了飞机。乘务长递过来一份登记表,说刚刚又上来三名乘客,分别是6号位哈斯汀、9号位卡尔森和18号位克林顿。詹妮的心一下子揪起来:如果刚才有"尾巴"跟着迪克,那"尾巴"一定看见迪克把杂志给了她,随后跟着上了飞机,他究竟是三人中的哪一个呢?

这时飞机已经起飞了,乘务长提醒詹妮该去准备饮料和晚餐,詹妮答应一声,便来到厨房,但她的脑子则在飞快地转着:一定要将背包先藏起来,可是藏在哪儿呢?厨房位于驾驶室与机舱之间,乘客一般是不会来的,而且自己在准备晚餐时还可以一直注意着它,对,就藏在这儿!

詹妮打开角落处的冷冻箱,将背包塞了进去,起身后却发现袖口沾上了一块油渍,准是碰到了箱中盛放的色拉,她便用餐巾纸擦,不想越擦越糟。她不再理会,回机舱开始分发饮料。就在这时,乘务长走过来,说:"詹妮,机长让你带乘客去参观驾驶室。"

詹妮一下子呆住了,她竟忘了航行中有让乘客参观驾驶室的惯例,这么一来,每个人都有可能进出厨房了!不等她细想,前排的几名乘客已经起身随乘务长朝厨房走去,詹妮的心登时绷紧了,恨不得马上发完饮料,赶紧回厨房去。不一会儿托盘空了,詹妮正要跑去,乘务长又叫住了她:"詹妮,行李申报单哪儿去了?"

詹妮只好到舱尾的公文包里翻找,她知道,找不到申报单,乘务长是不会放她走的。这时,第一批乘客已经回来,第二批也跟着去了,眼看就要轮到有跟踪迪克嫌疑的那三个人了!詹妮心急火燎地把公文包里的东西全倒出来,仍不见单子,这时,那三个人已经起身进了厨房……

詹妮手忙脚乱地翻了好一阵,最后终于在一件上衣的里层小兜里找到了那些单子,她把单子往乘务长手上一塞,转身就朝厨房跑去,这时最后一批乘客也已经回来了!

詹妮一头冲进厨房,眼前的景象使她心惊肉跳:那只背包已被人从冷冻箱里拿了出来,扔在地上,背包口开着不说,那本杂志已经没有了,那本杂志里可夹着恐怖分子的名单呀!詹妮一阵晕眩,一定是这三人中的某人干的!她定了定神,回到机舱,装作逐一向乘客讲解飞行路线图,重新打量起这三名可疑人来:

6号座的哈斯汀是一位老者,头发灰白,戴一副眼镜,正专心看着报纸,像是经理或总裁之类的人物。

9号座的卡尔森四十开外,很健壮。他显得不很自在,害羞地说他是第一次来百慕大看儿子,还掏出一张他儿子的照片给詹妮看。他的行李是一只老式黑包,放在座位下面。也许杂志就在包里,但凭直觉,詹妮觉得里面应该是旅游纪念品之类的东西。

18号座的克林顿长相帅气,衣着考究,二十四五岁年纪,他说他父亲心脏病突发,现在赶着回去。他头顶的行李架上有一只拉链包,拉链也没拉上,如果杂志真在里面,他敢就这样放着?詹妮摇了摇头,怎么看都不像。

时间已过去大半,仍没能从三人身上查出蛛丝马迹,詹妮沮丧极了。突然,她看到自己衣袖上的那块油污,眼睛登时一亮:我那么小心,还是碰到了色拉,偷包人那么匆忙,衣袖上也一定会沾有油污!哈斯汀没穿外衣,他把折叠好的外衣放在报纸下,这样做是否为了遮盖外衣上沾着的什么?卡尔森先把詹妮递来的飞行路线图放下,再去口袋摸儿子的照片,为什么不直接用另一只手呢?还有,克林顿的右手一直靠在扶手上,这是举止优雅还是在遮掩什么……对,一定有问题!

等詹妮端着咖啡再出来时,哈斯汀已把报纸收起来,外衣也穿在了身上,没有找到油渍!下一个是卡尔森,这回他是伸双手来接咖啡的,袖口上也没有油渍;现在只剩下一个怀疑对象—克林顿!

詹妮把咖啡端到克林顿身旁时,一开始他摇头说不想喝东西,架不住詹妮再三邀请,这才接过杯子,不过用的只是左手,右手仍靠在扶手上没动。詹妮笑了笑,跟他闲聊起来,说着说着,突然她停住话头,指着窗外说:"瞧那团云!"趁克林顿侧身望去的瞬间,詹妮将杯子一倾,几滴滚烫的咖啡滴在他手臂上,他骂了一句粗话,右手抬起来,旋即又放回去,这一下已足够了,詹妮清楚地看到了那块油渍!

一切都已明了,接下来就是怎样把杂志再夺回来。这时,乘务长又在喊她:"詹妮,你在机场买什么东西没有?我得填写海关申报单了。"

海关!对,只有在海关克林顿才会打开包,如果能在那里拖住他……詹妮本来已在申报单上写下"钻戒一枚",这时,一个念头突然出现了,她来到衣帽间,取下标号"18"的那件风衣……

这时候,蜂鸣器响了,飞机就要着陆,詹妮开始替乘客取衣帽,那件风衣也递给了克林顿。

海关检查站里,詹妮交了一张空白的申报单。轮到克林顿时,他对检查人员说:"我就一个包。"然后他一样样取出来:几件内衣、一套剃须用品和一本杂志。詹妮的目光死死盯住那本杂志,她果断地走了上去,大声说:"你为什么不申报你藏在风衣夹衬里的那枚钻戒?"

"什么钻戒?"克林顿不知所措。检查人员紧张起来,示意他举手接受检查,詹妮在一旁对检查人员说:"我借给他这本杂志的时候,看见他正在欣赏一枚钻戒,然后用刀片在风衣夹衬上划开一道口子,八成是想躲过……"

克林顿掀起风衣,脸色陡变,夹衬上果然有一道口子!检查人员围上来,从里面摸出一枚光闪闪的钻戒。克林顿的手举在空中,眼里满是迷惑、愤怒和沮丧。詹妮一把抓过杂志,说:"再见了,先生!"说完转身离去,背后传来检查人员对克林顿的吆喝:"别去打扰那位小姐了,跟我们到办公室来!"

詹妮刚走出站口,一名男子拿着手机奔了过来:"杂志在吗?"她无力地点点头,从包里取出杂志,男子说:"谢天谢地!迪克从百慕大打来电话,他已经在那边等了半个多小时,他说肯定有人盯上了你,你没事吧?"

詹妮问:"电话挂断了吗?"

那名男子把手机递给了詹妮,她听到电话里传来了长长的吐气声:"亲爱的,把戒指戴上,我不想给你时间考虑是否接受我的求婚。"

詹妮流下了眼泪:"迪克,对不起,我失去了那枚戒指,它和杂志我只能选择一样。"

电话那头迪克笑了:"傻瓜,不要紧,等我回来,再去买一枚新的!"

(马 丽 编写)

(题图:佐 夫)

皮埃尔·贝勒玛尔,1929年生,自幼迷恋广播新闻业。之后相继为电台和电视台创作娱乐类小说,著有《分秒必争》、《机密档案》等书,是法国家喻户晓的"故事大王"。《穿雨衣的人》以一户邻家的窗口为视点,以穿雨衣的人为主线,层层发展情节,故事疑团重重,扣人心弦,读来令人不忍释手,充分显示了作者匠心独具的营造悬念的构思艺术。

穿雨衣的人

1967年4月的一个早晨,米雪太太像往常一样站在她家窗帘后面,注视着大街上发生的一切。她每天的大部分时间都是这样度过的,因为她是一个寡妇,又没有孩子,而且还住在这样一个小县城里,除了琢磨邻里之间的琐事外,她还能干什么呢?

米雪太太家的对面有一幢单门独院的住宅,主人叫卡罗尼。

米雪太太非常了解这一家人,尤其是对他们家中来来往往的人都很面熟……

卡罗尼是一个大老板,是这个小城里的知名人物,他狂妄、野蛮、粗暴,几乎所有的人对他都没有好感;而且,几乎每个周末,他都开着豪华轿车到首都去。他对周围的人说,去巴黎是为了生意上的事,可事实上谁都知道,卡罗尼到巴黎是为了跟他的情妇幽会。

卡罗尼的夫人哈丽娅特,显然是一个受害者,在她丈夫看来,她这样的模样,谁还能看得上呢?再说,他们也没有孩子,她的命真苦,城里人都知道哈丽娅特是一个安分守己的人。

但是,一个星期天的早晨,米雪太太却目睹了一件特别的事件:就在卡罗尼先生去巴黎刚走不久,一辆出租车停到了他家门前,一个穿雨衣的矮小男人从车里走了下来。米雪太太确信,她从未看到过这个矮小的男人。哈丽娅特一人在家,他来干什么?手里为什么拎着一只提箱?

米雪太太还没有完全从惊讶中清醒过来,却又见这个矮小男人居然还有卡罗尼家的门钥匙!米雪太太屏住呼吸:这太不可思议了,这个人的一举一动就好像在自己家中一样!

米雪太太拿起电话正准备报警,突然又住了手,她恍然大悟:"哈丽娅特也有情人!"

半年之后,一个星期天的早晨,这位神秘的穿雨衣的矮小男人已经第三次出现在卡罗尼的家门前。他每次都利用卡罗尼去巴黎的时机乘出租车来,自己拿钥匙开门,而且整个周日都呆在那儿,从不出去,只是哈丽娅特有时外出两三次去采购东西。

米雪太太在窗帘后面将这一切都清清楚楚地看在眼里,她的嘴巴是从不饶人的,接着,全区的人很快都知道了这个秘密,有的人愤怒地斥责哈丽娅特,有的人却又为她感到喜悦:她以这种方式对待不忠诚的丈夫,也是理所当然的。

可是10月25日这一天却异乎寻常,米雪太太简直不敢相信自己的眼睛……

晚上六点左右,正是黄昏时分。刚才,也就是十分钟以前,哈丽娅特从家里出去采购东西,可就在这时,那个穿雨衣的矮小男人来了,可是这一次,卡罗尼先生在家!

米雪太太紧紧盯着这个矮小男人的一举一动:他步态跟往常一样自信,他会掏出钥匙开门吗?不,这一次他却按了门铃……时间一秒一秒地过去,一会儿,卡罗尼先生来开门了,瞬息之间,只见穿雨衣的那个矮小男人从口袋里掏出什么东西,紧接着响起两下枪声。米雪太太看到卡罗尼先生倒了下去,就在米雪太太惊魂未定的时候,这个矮小的男人已逃得无影无踪……

米雪太太浑身哆嗦,她本想看一场闹剧,却没想到会出人命,她的脑子一下全乱了,战战兢兢地拿起电话报警……

几分钟后,地区警察局局长赶到了现场,他凝视着卡罗尼的尸体自言自语:“两颗子弹都打中了心脏,真是干净利索。”

米雪太太处在激动和害怕之中,她用失真的声音回答了警察的问话。

“您说是哈丽娅特的情人开的枪?”

“是的,我敢肯定,在卡罗尼先生不在家的时候,他来过三次,我是从窗户里偶然看到的。”

警察一边记录一边说道:“您能描述一下这个人吗?”

“身材矮小,棕色头发,每次来都穿一件雨衣;年龄大概在四五十岁左右,不过这很难说准,因为我只是从远处看到的。”

正在这个时候,哈丽娅特从超市采购东西回来了,这意外的惊变使她失魂落魄,她双腿跪在丈夫的尸体旁,悲痛欲绝,泪落纷纷。好长一段时间,她垂着头,掩着脸,自言自语地说道:“米歇尔……真的是你吗?”

警察局长平静地问:"米歇尔是谁?"

哈丽娅特的脸上略微有点不自然,她回答的声音很低很低:"我的情人……我也不知道他的真名实姓……"

过了一会儿,卡罗尼的尸体被警察抬走了,警察局长在客厅里单独询问这位受害者的妻子,哈丽娅特吞吞吐吐地诉说着她和米歇尔交往的经过:

去年十二月,卡罗尼对哈丽娅特说,他想单独一个人和客户到冬季运动场去度圣诞。事实上,哈丽娅特知道,他是想跟情妇在一起。这一次,哈丽娅特没有像往日那样吵闹,等卡罗尼走后,她独自来到突尼斯的一个俱乐部,准备度过一个星期的时光。就在那儿,哈丽娅特结识了米歇尔。米歇尔从不让哈丽娅特问他的真名实姓,他只是说已经结婚了……

哈丽娅特讲到这里,苦涩地笑了笑,继续说道:"我丈夫不在的时候,米歇尔来过三次。米雪太太就住在我家对面,她又有这方面的爱好,我想,她肯定把在窗帘后看到的,全告诉您了。他最后一次来是在一个月以前,他对我说,以后他将要离开了,他没有告诉我去哪儿。就在那一天,米歇尔对我说:'我可怜的哈丽娅特,我必须帮助你,我要送给你一件告别礼物……'他就这样走了,以后我再也没有见到他……"

警察局长惊讶地说道:"您的意思是说,谋杀您的丈夫,这是米歇尔送给您的……告别礼物?"

哈丽娅特没有回答。警察局长想了想,眼下也没有什么可值得补充的,于是,他离开客厅到了小花园里,想到那里再看看。在路上,他看见米雪太太仍呆呆地站在一边,似乎还在等着警察的问话。警察局长无意间抬起头来,只见晚霞满天,天气晴好。突然,他心头一怔,走上前去问米雪太太:"您看到的哈丽娅特的那个情人,穿的确是雨衣?"

"是的,他每次来都穿雨衣。"

"米雪太太,您看见过哈丽娅特和她的情人呆在一起吗?"

米雪太太没有明白警察局长的意思,她尽力回忆着,最后,她回答道:"我确实没有见到他们两个人在一起,我每次都是分别看到他们……可这又有什么呢?"

警察局长再也没有时间听她说话了,他赶紧冲进客厅,见哈丽娅特不在,他又飞一样地扑进房间。这时,哈丽娅特正在那里,手里还拎着那个购物袋。警察局长从她手中抢过袋子,将里面的东西全倒在桌上,购物袋里倒出了一件雨衣、一个男人的假发和一支手枪。哈丽娅特本想躲进房间销毁证据,想不到警察局长的动作比她还快。

哈丽娅特彻底认输了,她只是愤愤不平地诉说了原委:"你们可知道,卡罗尼这个伪君子,他让我承受了多大的痛苦! 我一直希望能有一个情人来为我报复,但一直没有,于是我只好自己来扮演这个角色……太遗憾了,如果真的有一个米歇尔就好了……"

说到这里,哈丽娅特那苍白的脸颊上流着眼泪,眼睛里充满了绝望……

(张志红　编写)

(题图:张恩卫)

　　故事译写自法国当代小说家Ｊ·Ｒ·罗格勒的《在边境小站》。作品在不到二千字的篇幅里，矛盾冲突波澜迭起，结尾处理既出意料之外，又在情理之中。这种精到的艺术构思手法，值得我们故事作者借鉴。

贵妇人的皮箱

　　在一列国际列车上，一位贵妇人和一位男士在交谈，谈得很融洽。他们原来素不相识，是在车上结识的新朋友，虽然"友龄"还不足一天，但相互关照，相互帮助，已经像是一对老朋友了。

　　列车从巴黎开出，现在已渐渐接近边境。贵妇人从行李架上取下一只红色的皮箱，对男士说："您愿意帮我个忙吗？"

　　男士说："很高兴为您效劳，什么事？请说吧。"

　　贵妇人递过箱子，说："前面这个边境站停车时间比较长，我要下车去发几封电报。为了安全,我想把这只箱子放在您的包厢里,最好和你的行李放在一起。"

男士接过箱子,问道:"里面的东西很贵重吗?"

"不,都是些日常用品,女人出门带的东西总是比男人多。"她又凑近男士的耳朵,轻轻地说:"要是您愿意,别人问您时,您就说是您自己的。谢谢你。"

"不,应该谢谢你对我的信赖。"男士说完,拉起贵妇人的手吻了一下,然后拎着皮箱进了他自己的包厢。

火车很快进站停下,贵妇人下了车,径直向出口处走去,一个海关人员拦住她说:"太太,请出示您的护照。"她打开手提包,取出护照,递了过去。

海关人员打开护照看了看,然后转过身去做了个手势,立即过来了一男一女两个人,其中一个女的对贵妇人说:"对不起,请您跟我们走一趟,我们是警察。"说完,亮出了证件。

贵妇人心里猛地一惊,但强装镇定,耸耸肩膀说:"我不明白,你们这是什么意思?"

警察将她带进一间小屋,警长对她说:"我们今天收到巴黎发来的一封电报,说您打算把巴伊大街一家银行最近被抢劫的一批珠宝偷运到国外去,因此我们不能不对您进行检查。您的行李呢?"

贵妇人说:"我没有行李,我出门从来不带行李,就这么个手提包,你们爱检查就检查吧!"她气呼呼地将包往桌上一扔。

警长说:"太太,您别激动,我们很快就会把事情查清的,现在我们已派人在列车上搜查。另外,由我们这位杜邦太太领您到里面房间里去,检查一下您身上的物品,请您不要介意。"

女警察把贵妇人带走了。

大约过了十分钟,女警察报告说:"我搜遍了她的全身,什么也没发现。"又过了五分钟,海关人员报告:"警长先生,我们对整个列车的角角落落都进行了搜查,没有发现任何可疑的手提箱。"

警察找不到任何证据,开车时间又马上要到,只得向贵妇人表示道歉,并送她上了车。直到这时候,贵妇人那提起的心才放下,心里好不高兴:嘿,多险啊!好在自己多个心眼,闯过了难关……警察怕什么?个个都是蠢猪!她想着想着,差点笑出声来。

列车启动了,很快离开了边境车站。贵妇人这才离开座位,走进那位男士的包厢。男士见她进来,很有礼貌地站起来,把靠窗的位子让给了她。

男士敬上一支烟,给她点着,问道:"事情都办完啦?"

贵妇人笑笑说:"当然,事情完全和我预料的那样。警察居然来追查什么珠宝,笑话!哎,我那只皮箱呢?有没有人来检查过?"

"警察倒是来了两次,连沙发垫都翻过了。"

"太好了!我真该谢谢您,可不知您把它藏哪儿了呢?"

"太太,我没有藏它,只是在列车还没进站时,我就把箱子扔到窗外去了。"

"啊!"贵妇人这一惊非同小可,脸色一下子变得煞白,失声叫道,"我的上帝!箱子里那些东西……"

"太太别急,里面的东西我在扔箱子之前已经全都取出来了。"

"啊,是这样!那么这些东西呢?您放哪儿啦?"

"尊敬的太太,那可不是您的日用品,也不是换洗衣服,而是一批珠宝,怎么能带到国外去呢?所以,我托一位朋友带回巴黎去了。至于以后怎么处理,那就不必向您多说了,因为那些东西本来就不是您的。"

这下贵妇人气得差点晕过去,指着男人的鼻子骂道:"你、你这个畜生!你……"

男士却平静地说:"太太,您别激动,您好好想想,虽说您两手空空,但比起戴着手铐被押送回巴黎,不是要好得多吗?"

(黎 宇 编译)

(题图:箭 中)

　　欧·亨利(1862—1910),美国短篇小说家。1897年涉嫌入狱五年,狱中开始以欧·亨利为笔名创作小说。他一生创作了三百多篇短篇小说,形成了独特的艺术风格。他善于从别出心裁的角度出发,捕捉生活中令人啼笑皆非而又富有哲理的戏剧性场景,用漫画般的笔触勾勒人物性格特点,在结尾处又能异峰突起,意料之外,但却在情理之中。

　　《阳光里的爱》根据小说《浪子回头》改编,"世界短篇小说大王"谋篇布局的精湛技巧和拓展情节的艺术功力,从中可见一斑。

阳光里的爱

　　一个阳光明媚的上午,印第安纳州监狱的一名警卫来到了监狱的鞋铺,铺子里有一个囚徒叫吉米,此刻他正在专心致志地做鞋面。那警卫把吉米带到了办公室,监狱长把州长刚签发的赦免书递到了吉米的手里。吉米瞟了瞟手中的赦免书,心情并不愉快:他被判了四年刑,可像他这样朋友众多、神通广大的人被关进监狱,通常最多也就呆三四个月,甚至连头发都不用剃,可他在里面已经关了十个月!

监狱长是个说话幽默而且尖刻的小老头,他一边吸着呛人的雪茄,一边笑嘻嘻地说:"吉米,你明天早上就可以出去了,你小子本性还不坏,记着,以后可别再撬保险箱了!"

吉米露出一脸的惊奇:"你是在说我吗?我可从没有撬过保险箱啊!"

"反正像你这样'无辜'的人关进监狱,不是这个原因,就是那个原因。"监狱长又吸了一大口雪茄,笑着嚷道,"克劳宁,把他带回去,让他穿上外出的衣服,明天早上七点把他带到候审室。"

这一个晚上特别漫长。第二天早上七点,吉米准时到了监狱长的办公室,他穿了一套不合体的衣服,鞋子硬邦邦的,走起路来"嘎吱嘎吱"地响,这些都是州政府配给刑满释放人员穿的。

管理员把一张火车票和一张五块钱的纸币递到了吉米的面前,这钱是政府给他的。监狱长把一支雪茄递给了吉米,又和他握了握手,接着,吉米就走出了监狱的大门,这个叫了十个月"9762 号"的吉米终于来到了外面的阳光下,在监狱登记本上的记录是"由州长赦免"。

吉米来到了一家饭店,要了一只烤鸡、一瓶白葡萄酒,然后是一支比监狱长给他的高级得多的雪茄,他在这幽雅的饭店里迫不及待地品尝着自由的喜悦。从饭店出来后,他就悠闲地来到了车站,然后就上了火车,三个小时后,吉米来到了铁路边上的一个小镇,他走进一家咖啡店,从店老板那儿要过一把钥匙,脚步轻快地上了楼。他打开了一个小房间的门,这里是吉米的"家",一切都原封不动,著名侦探本·普莱斯带着警察就是在这里抓获吉米的,当时扭打时吉米被扯下来的领扣,现在仍然留在地板上。

吉米从墙角落的隐蔽处推开了一小块面板,从墙里抱出一只积满了灰尘的小箱子,打开箱子,里面是钻头、钉铳、手摇曲柄钻、撬棍、夹钳……这是一套东部地区最好的盗窃工具,全用上好的钢铁打制,而且都是最新设计,另外还有两三样小器件是吉米自己发明的。这一套家伙,是吉米花了将近九百美元,才在一个专门为职业小偷打制工具的地方弄来的。

半小时后,吉米下了楼,穿出了咖啡店。此刻他的衣着十分得体,而且很有品位,手里提着那只已经擦干净了的工具箱……

就在吉米被释放后的一个星期,印第安纳州窃案四起:先是发生了一起毫无蛛丝马迹的保险箱撬窃案,大约失窃八百美元;接着一个申请过专利的防盗保险箱被轻而易举地打开了,里面的一千五百美元现金一扫而光;随即一家银行的老式保险柜又出了事,被偷去了五千美元……

数起窃案,终于引起了著名侦探本·普莱斯的注意,他来到几处现场,通过侦查,很快发现这几起盗窃案的手法有着惊人的相似之处。他对身边的助手说:"这是吉米的手法,我敢肯定,他又重操旧业了。看那个密码盘,轻而易举就被撬了出来,不是他的钳子,做不到这一点;看那个掣栓钻得多利落,吉米从来只需钻一个孔就行了。是的,看来我又该去抓吉米先生了,要不,他还会干下去的。"

本·普莱斯对吉米的习惯了如指掌:远途作案、单独行窃、迅速逃离、频繁转移,这些使吉米总能成功地逃脱。就在人心惶惶之际,警方向外界发布消息,说是本·普莱斯对此案已经有了线索,破案指日可待。这使那些将巨款放在保险箱里的人们感到了几分轻松。

事实正是如此,大侦探本·普莱斯此刻正像一头鹰犬,瞪着大眼,扬着利爪,搜寻着吉米这个猎物的踪迹。

一天下午,吉米带着那只沉重的箱子在埃尔莫下了火车。埃尔莫是一个小城,离铁路五里地。吉米看上去就像一个回家度假的大学生,他沿着人行道正走着,忽然一个年轻女子从他面前走过……

就在这一瞬间,吉米怔住了:呀,天底下竟有这样的漂亮女子!他一见钟情,几乎不知道自己是谁了,他傻乎乎地看着那女子走进了"埃尔莫银行",自己也身不由己地走上了银行的台阶,把在一边闲逛的一个男孩拉了过来,塞给他几个硬币,从他嘴里打听到那女子叫安娜贝尔,这家"埃尔莫银行"就是她爸爸开的……

吉米打听完后,便来到斯特旅馆,用"拉夫"的名字登记了一个房间。和这个陌生女子的偶然相遇,神奇地改变了吉米的生涯,他决定以拉夫的身份留在埃尔莫做一个商人。经过了解,他知道这城里还没有专门卖鞋的像样的店,鞋子都是由那些杂货店兼卖的。吉米在监狱时学得了制鞋、修鞋的好手艺,于是他便开了一家鞋店,生意竟然十分兴旺。

春风得意马蹄疾,吉米在社交圈中也获得了成功,交了不少朋友,其中就有他为之倾倒的安娜贝尔。到了年底,"拉夫"先生得到了众人的尊敬,鞋店生意依然兴旺。安娜贝尔的父亲是个淳朴的乡村银行家,安娜贝尔还有一个已婚的姐姐,"拉夫"和他们一家相处得很好,好像他早已是这个家庭中的一员了。

一天,吉米给圣路易斯的一个朋友寄了一封信,他在信上说:"一年前我就已经洗手不干了,我现在开了一家很不错的鞋店,过着清白的生活,两星期后我将和世界上最好的姑娘结婚。告诉你,她是个天使,为了她,哪怕是一百万放在我面前,我也不会去动它一个子儿……"吉米在信上约那朋友下周三晚上九点在小石城苏里文家里见面,他要把自己那套花一千美元也别想买到的工具送给那朋友。

吉米把信寄出的那天晚上，本·普莱斯坐着一辆租来的马车悄悄来到了埃尔莫……

转眼几天过去，到了和那朋友见面的日子。吉米到小石城去，除了把那套工具交给朋友，他还准备去小石城订结婚礼物，然后给未婚妻安娜贝尔买些东西。

早上，吉米和安娜贝尔一家人吃了早饭，安娜贝尔已婚的姐姐和她的两个女儿也在，一个五岁，叫艾格萨，一个九岁，叫梅。吃完早饭，一家人来到了吉米一直住着的旅馆，吉米跑到房间把那箱子提了下来，接着他们一起到了"埃尔莫银行"，因为载吉米去火车站的马车等在那里。

一家人穿过高高的橡木围栏，来到了银行的内室，虽然吉米是陌生人，但银行里没有谁阻拦他，因为职员们都知道他的身份。安娜贝尔显得很高兴，她戴上了吉米的帽子，调皮地说："我像不像一个鼓手？"说着，她又去抢吉米手中的那个箱子："哇，拉夫，这箱子好沉呀，好像里面装满了金条！"

吉米冷静地回答："里面有很多铁的鞋拔，我要拿去还给朋友。"

埃尔莫银行的金库安装了新的保险装置，安娜贝尔的父亲、那个银行家对此十分自豪，他坚持要每个人都见识一下。金库很小，那扇门是获得过专利的，一个手柄就能同时锁上三个钢栓，而且还带有定时锁。老银行家津津有味地解释着金库那扇门的工作原理，吉米很有礼貌地听着，艾格萨和梅这两个孩子，好像对这亮晶晶的东西极有兴趣。

他们正在内室说话的时候，大侦探本·普莱斯也走进了银行的大厅，他的两眼不停地望着围栏里面，旁人看来，好像是在等什么人。

突然，银行的内室里响起了女人们的一片尖叫，紧接着里边就乱开了:原来刚才趁大人们不注意的时候,九岁的梅把五岁的艾格萨关到了金库里面,她照着老银行家刚才的样子把门栓扣上,然后拧了密码盘。

老银行家扑上前去,抓住手柄用力摇了一会,但是金库的门纹丝不动!老银行家痛苦地说道:"定时钟和密码还没有设置进去……"

这就是说,根本没有办法将门打开,金库很小,漆黑一片,没有多少空气,五岁的女孩在那里坚持不了多久。再说,就是吓也会把她吓昏!

从金库里传出艾格萨绝望的惊叫,声声揪心……

安娜贝尔的姐姐哭喊道:"她会被吓死的呀!打开门,把它砸开!你们几个男的就不能想想办法吗?"老银行家的声音在颤抖着:"最近也得在小石城才能找到会打开的人,可那得要等多久呀!上帝啊,我们该怎么办?"

安娜贝尔的姐姐拼命用手打着那扇门,这会儿她已经快疯了……

安娜贝尔看着吉米,眼里充满了痛苦:眼前的这个男人是她所崇拜的,对于一个女人来说,她所崇拜的男人应该是无所不能的,但是,面对此刻的悲剧,他能有所为吗?安娜贝尔知道这种可能性近于零,但她还是轻轻地开了口:"拉夫,你有办法吗?试一下,好吗?"吉米看了看安娜贝尔,嘴角和眼里露出一丝古怪的笑意:"安娜贝尔,把你的玫瑰花给我,好吗?"

安娜贝尔不敢相信自己的耳朵,她更不明白这玫瑰花和开金库的门有什么关系,但她还是很快把花从衣服上摘了下来,放到了吉米的手里。

吉米把花递到了鼻子下,用力嗅了嗅,他要让安娜贝尔的花香沁人心脾,拴住自己的心,镇住自己的魂:今天重操旧业是为了救那女孩,千万不能因为这而心猿意马……吉米把花塞到了马甲的口袋里，脱下外衣，卷起了袖管，此刻，拉夫已经不存在了，取而代之的是浪迹江湖、贼名昭彰的吉米！

"你们都让开！"吉米发出了简短的命令，随即便把箱子放到桌上，"哗"地打开……从这一刻起，他已经感觉不到别人的存在了，敏捷地把那些锃亮的奇异工具一一摆开，就像以前干那事一样，吹起了轻快的口哨，熟练地摆弄了起来……

在场的人都像着了魔一样静静地看着吉米，一分钟以后，吉米那把最为得意的钻头已经开始平稳地钻起了门，十分钟不到，他就把钢栓给松了，紧接着"砰"地一声，金库的门随即打开，这创造了他盗窃史的最高纪录。

艾格萨哭叫着奔出了金库，她晕倒在母亲的怀抱里，安娜贝尔和老银行家他们悬着的心这才平缓了下来，全都感激地望着吉米。

"拉夫先生——"从银行的大厅里传来了熟悉的叫声，吉米一怔，他知道那人是谁，他没有犹豫，穿上了外衣，穿过围栏，向大厅走去。

突然，一个身材高大的男人挡住了吉米的去路，他正是大侦探本·普莱斯！

吉米望着他，脸上露着无奈的微笑："你好，你终于找到我了！好吧，我们走吧……"

刚才银行内室发生的一切，本·普莱斯已经知道，而且经过几天的调查，他知道"拉夫"已经不是吉米了，于是他对吉米说："我想你是认错人了，拉夫先生……你的马车在等你，是吗？"说完，他转过身，沿着大街走了。

吉米蒙眬的泪眼望着远去的本·普莱斯，大街上一片阳光……

（熊平辉　编写）

（题图：箭　中）

爱伦·坡(1809—1849)，美国诗人、小说家。西方现代派文学的先驱，也是西方侦探小说的鼻祖。其主要作品有短篇小说《厄舍古屋的倒塌》、《金甲虫》、《被盗的信件》等。他的小说大都形象怪诞，内容消极，但是形式精美，技巧圆熟。本故事是根据他的小说《夜归人》改编的，较为鲜明地体现了作者的创作风格。

税务官家的枪声

这天下午，荒凉的草原上，天气骤起变化，又阴又冷，一会儿竟飘起了鹅毛大雪。爱莎正在给壁炉添柴，丈夫突然回到了家，她显得又惊又喜。

爱莎的丈夫是一个边区税务官，由于工作忙，出门在外，一走就是好几天，平时难得回家一次，爱莎经常一个人呆在家里。今天突然下雪了,她正担心丈夫的身体呢,看起来丈夫心情不太好,只见他一屁股坐下,把鼓囊囊的包往桌上一搁,就低着头,唉声叹气起来。爱莎见状,就轻轻地走到丈夫身边,问道:"你怎么啦?"丈夫连眼皮也没抬,答道:"爱莎,告诉你一个坏消息。我接到一个朋友的通知,说商业银行要倒闭,过会儿我要赶到巴比镇,把存款取出来。""现在就走吗?""是的!"说着话,丈夫站了起来,"不过,我得把这笔钱先藏起来。"爱莎吃惊地问:"什么钱?"丈夫指着桌上的包裹,说:"这一大包钞票,是我刚收上来的税款,还来不及上交。我怕路上不安全,就带回了家,咱们得先找个地方藏好。"

他们家房子不算宽敞,前后三大间,前面是客厅,后面是主、客卧室,外带一个厨房。藏在什么地方才保险呢?夫妻俩商量了一下,把钱放到一个饼干盒子里,然后藏到厨房的地板底下。

丈夫临走前,千叮嘱,万嘱咐,道:"答应我,我不在家时,你一步不能离开,也不要让任何人进屋,不管他有什么借口。我办好事,马上就回家。"爱莎点点头。

几分钟后,丈夫离开了温馨的家,消失在漫天风雪中。

爱莎站在窗前,呆了好一会儿,这才想起关上门。

几个小时后,夜幕降临了,黑暗和白雪,笼罩着这座孤零零的房屋。爱莎没心思吃晚饭,想一个人早点休息,就重新把门窗火烛检查了一遍。

就在这时候,她听到了屋外有响声,好像是风声,她竖起耳朵听了听,听出来了,这不是风声,是外面有人用手在摩挲着窗和门,她心里一阵恐慌。接着,她又听到敲门声,低沉而又急促。她把脸紧贴在窗户边,借着灯光,向外面看去,只见外面的那个人紧挨着前门,他似乎有点不耐烦了。

怎么办?她沉思了一会儿,就迅速离开窗口,来到壁炉台旁,取出一枝猎枪,拉开枪栓,手微微抖了起来。真倒霉,猎枪里没装火药！家里本来有两枝猎枪，今天丈夫带走了一枝，而放在家里的这枝，却偏偏没装火药。她硬着头皮，拿着空枪，匆匆赶到关得严严实实的前门。

她壮着胆，朝那人喊道："喂，谁在敲门？"

"是我，夫人。我是一个伤兵，迷了路，走不动了，请让我进屋吧。"没等她再问下去，那人就一遍又一遍地哀求道。

她听到是一个伤兵，不禁松了口气，客客气气地说："我丈夫出门了，他叫我不要让陌生人进来。"

"那，那我会在你家门前冻死的。"

过了一会儿，他又恳求道："你把门打开，看一看就知道了，我不会伤害你的。"听到这里，她的心肠软了，哽咽着说："那你进屋吧，只是我丈夫知道了，是不会饶恕我的。"她迟疑地打开门，让那人进来了。她看到眼前这个士兵，个子长得挺高的，但步履蹒跚，苍白、粗糙的脸上挂满了雪片，手臂上还打着绷带。

她上前几步，把伤兵扶到靠近壁炉的座椅上，然后给他洗伤口，换绷带，把自己准备的晚饭端过来给他吃。等伤兵吃好，她已在后面一间屋里用毛毯给他铺好床。伤兵千恩万谢地躺了下来，很快就打起了呼噜。

这人是真的睡了呢，还是在骗她？是不是骗自己先睡，然后动手劫财呢？

爱莎没敢睡下去，她心里紧张得很，在卧室里踱着步，七想八想。夜，静悄悄的，只听到柴火发出轻微的劈啪声……

突然，她听到一阵低低的、细微的摩擦声，不像是老鼠在啃木头。这声音哪里来的呢？是隔壁那个伤兵在搞鬼吗？她举起灯，沿着狭窄的过道蹑手蹑脚走过去，然后站住不动，耳朵紧贴着门缝，仔细听着动静。不错，这家伙呼吸声很响，是假装出来的。她"腾"地推开门，箭步走进去，俯身去看那伤兵，没见异常：

他似乎真的睡着了。

她离开了后屋,立即又听见了那奇怪的声音。这一次她听明白了:有人在撬前门的锁。她从工具箱里拿出丈夫的大折刀,跑到那伤兵床边,使劲地摇着他的肩膀。伤兵醒了,看到她手中的大刀,"啊——"地惊叫起来。

"嘘——"她伸出手,示意伤兵不要发出声音,"你听!有人在撬门,你要帮我一把!"

"谁?是小偷吗?"他茫然说道,"这里没东西好偷哇。"

"有啊,有——厨房下面藏着一大笔钱。"爱莎情急之下,说溜了嘴,不过,她马上意识到这一点,恨不得把自己的舌头咬掉。

那伤兵似乎没注意到这细节,只是解释道:"好吧,你拿好我的枪,我习惯用右手开枪,现在受伤了,枪等于没用。你还是把刀给我吧。"

爱莎迟疑了一下。这时候,她又听到外面那人在开门闩,便当机立断,把伤兵的枪拿过来,又把刀塞到他的左手上。

伤兵告诉她:"你站在门边,要留神第一个进屋的人,门一开,你就开火。现在枪膛里有6颗子弹,你要连续开枪,直到他倒下,不再动弹。我拿着刀站在你身后,对付第二个人。我们各就各位,你先把灯吹灭。"

爱莎吹灭了灯,屋子一下子全黑了,撬门声也戛然而止,可没过几分钟,门外就传来了扭门闩的声音,门被扭开了。门一开,就有个人蹿了进来。

在白雪的映衬下,爱莎清楚地看见了那个人的身影,她来不及想得更多,就扣动扳机,只听"砰"的一声,那人倒了下去,但很快地,他又用手支撑着,站起身来,爱莎接着开了第二枪,那人又倒下了。可没等爱莎回过神来,那人膝盖点地,一寸一寸地移过来了,爱莎实在有些害怕,又补了一枪。那人慢慢地倒下去,脸贴着墙,一动也不动。

伤兵俯身向前,嘴里骂了一句粗话:"妈的,原来只有一个强盗!"骂完,他回过头来,竖起大拇指,称赞爱莎道:"好枪法,夫人!"

他把尸体翻转过来,发现那人脸上还戴着面具。他把面具揭掉,爱莎凑了过来。

"你认识这人吗?"伤兵问她。"不认识!"爱莎摇摇头,答道。不过,她似乎又不死心,壮起胆,走了几小步,朝那人的面孔细细地望去,"啊——"她尖声叫了起来:这个抢劫犯,居然是自己的丈夫!

原来爱莎的丈夫虽然身为税务官,却早已被一帮赌徒拉下了水,嗜赌成瘾,债台高筑。他三天两头不回家,名义上是工作忙,可事实上是和赌徒们混在一起,他几小时前说的那笔存款,其实早就被他输得一干二净。这天,他收到一大笔税款,就动起了歪脑筋:先把款藏在家里,骗过妻子,晚上偷到手后,再叫妻子上保险公司,索要财产保险。不过,要不到也没关系,钱是妻子弄丢的,蹲大牢也是妻子的事,一人做事一人当嘛。

没想到,算来算去,反算掉了自己的一条命!

(秋　雨　编写)

(题图:箭　中)

西村京太郎,日本七十年代著名的推理小说作家。其作品多以小人物为主线,善于从小事中反映当前社会的种种弊端,在结构上,注意悬念的设置,结尾往往出人意外,发人深省。

本文根据西村京太郎的《材田警察奇妙的副业》改编。

危险的副业

材田是东京警视厅一名普通的警察,说起来真让人心寒,都快四十了,还没有碰上一次立功受奖的机会。材田知道同事们都瞧不起自己,因此他在警署里沉默寡言,独来独往。回到家,材田更是处处不顺心,妻子君丽对他总是冷言冷语,嫌他没有能耐,就连多年不育的原因也怪在他头上。两人时常打闹吵架,材田提出离婚,君丽点头同意,但开口要1000万日元青春损失费。这对一个普通警察来说,简直是个天文数字,没法子只好凑合着过。

这天晚上,材田又和君丽大吵一场,一气之下他出了门。眼下正是寒冬季节,材田将大衣领子竖起,双手插在衣袋里,望着别人家温暖的灯火,不由得黯然神伤。他漫无目的地走进一家公园,忽然看见树丛里有个五十多岁的流浪汉,正在用树枝拢火取暖。

材田正想找个地方发泄,他不由自主地喊道:"这里不准生火!"流浪汉似乎没听见,继续向火里添加树枝和纸片。材田大动肝火,恶狠狠地威胁道:"你再不听话,我就立刻逮捕你!"

流浪汉并没把材田放在眼里,他抬起头问:"你是警察?"材田点点头。流浪汉露出高兴的神色:"好啊,那你就快送我进监狱吧!"材田觉得不可思议,忍不住问:"怎么,你想进监狱?"流浪汉连忙说:"是的,是的,那里有吃有穿,比又冷又饿地在街头流浪好多了。"

材田听明白了,心中多了一份同情,他蹲下身子,一面就火取暖,一面询问对方的身世。流浪汉说:"我是受过高等教育的,后来失业了,老婆偷走了我全部的积蓄,离我而去。我身无分文,又找不到工作,最后被房东赶了出来,就这样一直流浪在街头。我想进监狱,可又没胆量作案,今天遇见您了,您可一定要帮这个忙!"材田觉得好笑:"你真是做梦,警察怎么可以抓无辜的人。"流浪汉说:"那就想想办法,比如,帮我偷点东西……"材田见他越说越不像话,忍不住站起身嚷道:"不行,堂堂一个警察,怎么能做这种偷鸡摸狗的事。"流浪汉还在努力:"先生,您听我说,您可以从商店里拿些东西,算我偷的,然后您把我抓起来。东西还给商店,我如愿入狱,您还可以立功,三方面都不吃亏呀。"说到这里,见材田没有反应,流浪汉忍不住悲叹一声。

材田呆立在那里,脑中不断想着流浪汉的话,好久,他才下定决心,说:"算我倒霉,碰上一个想坐牢又不会犯法的人。"流浪汉一听,满脸喜色:"您答应啦?"材田点点头,说:"试试吧。"

离开流浪汉,材田到一家商店买了一双袜子。第二天,他带着流浪汉来到商店,拿出袜子,对店主说:"这个人偷了贵店的东西。"店主一听,大笑起来:"警官先生,您真会开玩笑,这不是您昨天买的那双吗?"材田很尴尬,支支吾吾地退了出来。流浪汉见状,很是不满,埋怨道:"真是没用,这点小事都办不好。"材田发狠地说:"别啰唆,我明天一定成全你!"

傍晚时分,材田特意化了妆,来到一家商场,趁人不备,偷了一双高级丝袜。他的心狂跳着,有两个声音在脑中不断回响,一个说:"这是犯法!"一个说:"不是的,马上就还回来!"渐渐地,后一种声音终于占了上风,材田心安理得地走出了商场。第二天,流浪汉如愿以偿地进了监狱,好久没立过功的材田受到了上司的表扬。的确是三方面都不吃亏,材田十分高兴,犯罪感也随之消失。

很快,这件事在流浪汉中间传开了,随着严寒的加剧,一个又一个的流浪汉通过关系找到材田,乞求他帮忙将自己送进监狱。材田已经尝到了甜头,于是来者不拒,都给予帮助。他不再满足小打小闹,而是把手伸向高档物品,像手表、微型收录机、照相机等。作案时,材田心里很平静,"反正马上就会还回去的!"这年冬天,材田战绩辉煌,在那个地区威信猛增,使得上司和同事们都对他刮目相看,据小道消息透露,材田很快就要晋升所长了。

就在材田洋洋得意时,天气突然转暖,流浪汉不再受寒冬的威胁,他们也就不再找材田"帮忙"。材田又变得一事无成,眼看到手的所长要飞掉,材田心里那个急呀!

就在这个时候,公园角落的窝棚里住进一个叫严国的流浪汉,他是从外地特意找上门来的。严国和其他想在监狱里度过冬天的流浪汉不同,他失业已久,妻子因病去世,唯一的儿子又被人拐走,悲痛之下他想自杀,可又没有这个勇气,万般无奈,就来找材田帮忙,想在监狱里度过余生。

材田很是为难,说:"想坐一辈子牢,得犯个杀人什么的大罪才行啊。"严国一听,吓得连说:"不行,不行,哪怕弄死一条小虫,我都要难受好几天。"材田摇摇头:"那我就无能为力了。"严国哀求道:"您帮帮忙吧,哪怕把你们没破的杀人案栽到我头上都行。"

在回家的路上,材田想了很多,如果把严国当杀人犯逮住,那功劳可大了,说不定马上可以当所长。不过,冒名顶替经不住调查对证啊。材田一路胡思乱想着回到家,刚进门,妻子君丽劈头就骂:"你这个老不死的,又到哪找野女人去了?"材田厌恶地转过脸,没有答腔。君丽不依不饶:"怎么,不敢说了?瞧你那死样!"

材田心中涌起一团怒火,突然有一个声音在耳边响起:"杀了这个恶女人!"到上床睡觉的时候,材田的决心已经下定,杀了君丽,一可以摆脱她无休止的纠缠,二可以满足严国的要求,把他送进监狱,三可以立大功晋升所长。材田越想越高兴。

天一亮,材田找到严国,说可以帮助他实现愿望。严国一听,大喜过望,连声问:"您想出了什么好办法?"材田开门见山地说:"杀人!"此话一出,严国吓得差点一屁股坐到地上。材田赶紧说:"不用你动手,不过,你一定要记住,明天下午两点到三点之间,绝对不能让人看见你。"材田向严国要了一只旧手套,说:"这只旧手套将丢在杀人现场,作为你作案的证据。记住,你作案的地点是警官宿舍一楼五号,一个女人单独在家,你偷东西时被那女人发现,于是你顺手拿起桌上的青铜花瓶打死了她……"材田反复叮嘱了需要记住的细节:"我这可是为了你,你可千万不能出卖我,要后悔现在还来得及。"严国想了想,态度坚决地说:"我不后悔,我只是想问一下,这个女人坏吗?"材田连声说:"坏、坏透了,简直就是一条毒蛇!所以你不必内疚,这里有些钱,今晚好好享受一下在外面的乐趣。"

第二天,材田和年轻的小坂警察一起巡逻,走到一个十字路口,材田故意一声大喊:"有小偷!"小坂忙问:"在哪?"材田手朝前一指:"钻到对面小弄堂去了,我去追,你到商店去了解一下。"

待小坂离去,材田飞快向家里跑去,这儿离家很近,很快就到了。一进门,就听君丽厌恶地问:"这么早,你死回来干吗?"材田忍住气,走进卫生间,戴上严国的旧手套,然后悄悄出来,绕到君丽身后,趁她不注意,拿起桌上沉甸甸的青铜花瓶,狠命向君丽头上砸去,积压了多年的怨气,今天终于全部发泄出来!

材田确认君丽已死，就把衣橱、皮箱翻了个乱七八糟，又把手套丢在门后，做完这些后，他从容地掩门而去。

材田故意气喘吁吁地跑回十字街口，小坂已等在那儿了。一照面，材田就说："那小子溜了，你那边情况如何？"小坂摇摇头，说："商店说今天没丢失东西。"材田拍了一下脑袋："可能是我看花眼了。"小坂已经风闻材田要晋升，所以忙奉承道："哪里的话，您前途还远大着呢。"材田高兴地说："下班后到我家去喝杯酒吧。"

下了班，两人有说有笑地回到警官宿舍，材田一边开门，一边高声喊："君丽，来客人了……"材田还没喊完，小坂就发现了杀人现场，"哇"地叫了起来。很快，搜查科的刑警就赶到了，他们一边勘察鉴定，一边安慰材田。一个老刑警十分肯定地说："这是流窜犯干的，典型的盗窃杀人，时间应当在下午两点到三点之间。"不一会，他们发现了那只旧手套，大家研究了半天，材田好像突然想起什么："好像是那个流浪汉的，我见他戴过。"

于是，材田带着刑警们来到公园，他们将那座窝棚团团围住，材田大声喝道："出来！"好久，从里面哆哆嗦嗦地爬出一个小个子，材田吃了一惊，这人不是严国！"那个瘦高个呢，他在哪儿？"材田气急败坏地拎起那个小个子，大声问，"严国他逃哪儿去了？"小个子结结巴巴地说："他、他逃不了了，他已经进了停尸场。"

"轰"地一下，材田脑袋顿时乱成一团糟。小坂问小个子："说清楚，到底是怎么回事？"小个子稍稍稳定了一下情绪，说："昨天夜里，严国说他交了好运，买很多酒请我们喝。在酒桌上，大家一时兴起，赌酒取乐，谁知他命浅，结果醉死，天没亮就被车拉到停尸场去了。"

这时，刑警们窃窃私语起来，小坂有些怀疑地说："奇怪，昨夜死的人，怎么会把手套扔在午后的现场呢？""对呀，肯定不是严国，他没这个条件作案呀！"大家议论着，不约而同地向材田看去……

最终，材田现出了原形，被判无期徒刑，终身关进了监狱。

（张镜波　编写）　（**题图：**箭　中）

拉·费里,美国当代一名出色的记者。曾创作了多篇纪实文学佳作,《私家侦探上当记》即其一,初发表在《美洲记事报》上,本文据此改编而成。该作品设计了许多叙事"圈套",一环扣一环,环环相扣,烘云托月,显示了作者超常的故事结构能力。

陷　阱

迈克是一名警察,因与上司闹矛盾愤而辞职,在阿拉斯加州开了一家私人侦探事务所。

开业不久,一位年过六十的老头找上门,递给迈克一张照片,说:"这是我妻子玛丽,你帮我调查一下,她是否与其他男人有不正常交往。"迈克接过照片一看,这是一个二十多岁的美丽女子,艳丽端庄,十分性感。老头告诉迈克,他叫霍尔,是一家公司的总裁,一年前和恩爱多年的妻子离异,娶了漂亮的玛丽。看到照片,迈克明白了,难怪老头有疑心,玛丽如此年轻美丽,就算她守本分,也会有不少男人跟在屁股后面转的。

然而,迈克跟踪了一月之后,却没有发现玛丽有任何不轨之举,于是他找到霍尔,说,"我可以向你担保,您的妻子没有外遇,您应该放心。"可是霍尔听了,仍疑虑重重:"我希望得到玛丽确实贞节的证据,只有拿到了证据,我才能放下心来。我想再辛苦你一次。"

迈克不高兴了,心想:这不是不相信我的调查吗?霍尔似乎看出了迈克的心事,就说:"我对这个结果有点不太相信,也许她的情人这一月刚好外出哩!所以我打算换一种办法,想让你写一封恐吓信……"迈克有点犹豫,他知道写恐吓信是犯法的事,弄不好,会惹一身的臭官司。霍尔看了迈克一眼,从提包里掏出一沓钞票:"给你,这是五千美元。请你以知情者的身份,给我妻子写一封信,就这样写:'我手头掌握了你与某男人来往的确凿证据,想让我对你丈夫保密,你必须于某日某时到某地交款五万美元。'如果她有情夫,又不想让我知道秘密的话,那她一定会送钱的!"

迈克答应了下来。他将信写好后寄给了玛丽,在信中迈克将地点选在一个公园里,自己提前半小时到了那里,他希望玛丽对信无动于衷,否则,前一个月的调查全泡了汤,自己信誉扫地。时间到了,没有玛丽的身影,过了十分钟,还是如此,迈克长长吁了一口气。

突然,迈克愣住了,玛丽不知什么时候已站在面前,手里提着一个包。迈克此时把玛丽细细打量着,发现这个女人长得比照片上还要美,尤其是那双美丽的眼睛妙不可言。迈克忽然觉得这样向霍尔报告太便宜了,转眼间,一个贪心的念头在脑海里跳了出来:回去汇报,最多五千美元,可这个包里装的是五万美元呀!玛丽向迈克微微一笑,说:"先生,你是写信的人吗?我把东西带来了。"迈克接过大纸包,迅速塞进口袋。

迈克赶回霍尔的办公室,汇报道:"我等了很长时间,贵夫人没来,您现在该相信我的调查吧!"霍尔听了,脸上露出了得意的笑容。

从此,迈克内心被可怕的贪欲控制着,他想,这女人长得实在太美了,既然知道了她的秘密,何不更进一步来个"财色双收"呢?几天之后,他给玛丽打了一个电话:"我希望咱们再见面,这次你不必带钱。""你想干什么?"玛丽问。"见面你便知道了,老地方见,如果你违约不来,后果自负。"迈克故意拖腔拿调,威胁着玛丽。

那一天,迈克早早来到公园,没多久,就看见玛丽一个人姗姗而来,他心里一阵狂喜,迎了上去,说:"你来了,咱们边走边聊。"玛丽没有答腔,只是默默地与迈克同行。行至一偏僻处,玛丽突然问道:"你到底想干什么?""我想要你。"迈克说完一把搂住玛丽,玛丽用手推开迈克,说:"今天我不舒服,过两天你给我打电话。"玛丽停了一下又说,"不过,你要记住,如果是我的管家接电话,你可要巧妙地遮掩一下,因为那管家是监视我的,凡是我的电话,她都一字不漏地报告给老头子。""那么,我该怎么做呢?""如果是管家接电话,你就说找我丈夫,并说让我丈夫什么时间到什么地方去,我自然会去的。另外,把你的打火机给我,下次晚上见面时,我用打火机发一个信号,你就知道我来了。"迈克高兴地将刻有他名字的打火机给了玛丽,玛丽轻轻接过,然后便转身离去了。

三天之后,迈克给玛丽打了一个电话,果然是管家接的,迈克说找霍尔,管家说人不在,迈克转而又说:"那么让太太来听电话吧。"很快,玛丽接过电话,迈克按事先说好的办法说:"请你转告霍尔先生,今晚九点,请他在圣何塞公园见。""明白了,我一定转告。"玛丽柔声答道。

当晚,迈克驾车朝公园驶去,夜晚的公园人很少,九点到了,未见玛丽的身影,一个小时过去了,还是未见玛丽,迈克等不下去了,便开车来到一个电话亭,给玛丽打了一个电话。电话里传来管家的声音:"太太已经睡了。""我有急事,叫她快起来。"过了好一会,玛丽才接了电话:"你找谁?""你为什么没来?"迈克怒不可遏,斥问道。玛丽却明知故问:"什么事呀?""难道你忘了今晚九点的约会?""我已经向先生转告了,他已经去了。"这女人装起糊涂来了。迈克没好气地说:"难道你不怕我向你丈夫揭露你的丑事吗?""什么事呀? 我不明白,时间太晚,失陪了。"说完,玛丽挂掉了电话……

第二天早上,迈克刚走出家门,两个警察就将一张逮捕证递给他:"我们以杀人嫌疑逮捕你。""杀人? 你们是不是搞错了,开这种玩笑可不好。""你被控告杀了霍尔,请跟我们到警察局走一趟吧!"警察一脸严肃地说。在警察局里,警长问道:"你认识霍尔吗?""他是我顾客,我当然认识。""昨晚,是不是你将他从家里叫出去,又把他杀了? 你看看这个,这个打火机上有你的名字,还有你的指纹,我们是在霍尔的尸体边捡到的,而且,还有被害人的妻子和管家作证,她们说是你打电话叫霍尔到圣何塞公园去的。"

"你说玛丽吗? 你们错了,我确实去过公园,但那不是和霍尔会面,而是和他的太太玛丽会面。"迈克解释道。警长说:"既然你叫玛丽去,可在电话里为什么找她丈夫?"猛地,迈克想起了那天他把打火机递给玛丽时,玛丽手上就戴着白色的手套,原来早就准备着消灭罪证哩! 他这才明白自己掉进玛丽精心谋划的陷阱里去了。想到此,他叫了起来:"是玛丽杀了她丈夫!"警长打断了他的话,说:"你是懂法律的,知道光凭口说是没有用的,我们要你提供证据。""可我没有作案动机呀,我为什么要杀霍尔呢?""你有动机,你为了得到他的财产和玛丽,霍尔要是不死,这两样你都得不到。"警长冷冷地说。"不,玛丽她有情人,她是为了与情人独占霍尔的财产才下毒手的,你们可以调查一下,如果玛丽确有情人,那就证明我没说谎。""那你为什么在给霍尔的报告中说玛丽是忠实的? 为什么告诉霍尔说玛丽在收到敲诈信后没去约会?""那是骗霍尔的,我……""你只能碰运气了,如果调查证实玛丽有情人,你还有一丝希望。"迈克在警察局拘留了五天之后,警长开口对他说,"调查有结果了,很遗憾,玛丽并没有情人。"

迈克绝望地闭上了眼睛,他完全明白了,从一开始他就跌进了陷阱,这个颇有心计的女人早就想摆脱老头子并得到他的遗产,只不过尚未找到机会,于是设计了一个圈套让自己钻,她将霍尔杀死,轻轻松松嫁祸于自己。可悲的是,侦探出身的迈克,由于贪念作怪,竟然身陷牢狱,成了一只替罪羊。

（张晓妮　编写）

（**题图**:箭　中）

安东尼斯·萨玛拉基斯,希腊最受尊敬的作家。他不属于任何政治派别,他的理想是和平、自由和社会公平。他的短篇小说被译成30种文字,并多次获奖,其中包括:希腊十二月奖、法国文学奖和欧洲文学大奖。

本篇原作题为《河》,作品深刻地揭示了人类崇尚自然的本能以及战争的残酷。

枪口下的河

两年半前,这个国家爆发了战争,从此,战火弥漫着每一寸国土。

这里是西部的林区,广阔的大地上处处是浓密的森林,还有一条宽宽的河。三个星期前,一个营的士兵在河的这边驻扎下来,紧接着,敌军两个营的士兵在河的那边安下营来,但他们没有发起进攻,不知道他们想搞什么名堂。同时,双方的哨兵已经隐蔽在两岸的森林中,虎视眈眈地寻找着战机。

部队抵达河边时,天气还是寒冷的,可前几天已经放晴了,春天到啦!

天气的转热使士兵们感到了身上的燥热,而且这两年半里,他们没有洗过一次澡,周身积满了污垢,于是那条河便成了对他们的最大诱惑。一天清晨,一名军士偷偷地从军营里跑出来,他溜到岸边,潜入河中,正当他在大自然的怀抱里尽情地沐浴时,"砰砰",从河那边的荆棘丛中射来了两颗无情的子弹,鲜血染红了河水,不一会,那军士爬回自己一方的河边,几小时后,他就停止了呼吸。

第二天,又去了两个士兵,可是他们再也没有回来,人们听到河那边传来一阵机枪的"哒哒"声,过后,便陷入了一片死一般的寂静。

这天,全营的士兵在树林边的空地上集队,司令部派来了一位少校,向全体士兵宣读了一道命令:禁止到河中洗澡,而且在离河两百米的范围内,任何人不得入内。违抗此命令者都将被送交军事法庭。

"让司令部的命令见鬼去吧!"士兵们全都这样从牙缝里低声抱怨着。

这天早晨,一名士兵跑出军营,来到河边,他把衣服留在岸上的一棵树旁,让步枪直立着靠在树干上。他朝身后看了看,以防自己军营那边有人过来:送上军事法庭受审那可不是闹着玩的。他又向敌人占据的对岸瞟了最后一眼,随即跳进河中。

这场打了两年半的战争使他的身躯和心灵受尽了折磨,他的身上至今还留有两处伤疤,所以,他赤裸的身体一浸到水里,便感到自己又变成孩子了,感到自己成了一个新的人,又好像有这么一只巨大的、温情脉脉的手,在用海绵擦拭他的全身,抹去他两年半里所受的痛苦。

他一会儿浮泳,一会儿仰泳。河的两岸飞着各种不知名的美丽鸟儿,它们还飞到了他的头顶上,好像在和他嬉戏。

这时,有一根树枝被卷进了激流,他下意识地潜进了水里,他想通过一次长时间的潜泳,把那根虽然没有了生命、但被卷进了激流的树枝抓到自己手里。他真的这么做了,冒出水面时,正好游到树枝的旁边……就在这时,他感到了一阵恐怖,因为他同时看见前方三十米处有一个脑袋!

他停了下来,想看清楚些。

另外那个游泳者也看到了他,也停了下来,他们互相对视着,他弄不清楚面对着自己的那家伙是自己人还是敌人……他们在水中一动不动地对视了好几分钟。突然,那家伙开始急速朝对岸游去,几乎是在同时,他也扑进水里,使尽全力游向自己的岸边。仅仅是瞬息之间,他已抢先钻出水面,奔向放枪的地方,并很快一把将枪抓到了手里,而对岸那家伙,这时才刚刚钻出水面,正跑去取枪……

他举枪瞄准。对他来说,把一颗子弹送进那家伙的脑袋实在是太容易了,因为那人仅在二十米远的地方奔跑,而且是一丝不挂,目标太显眼了。

但他无法扣动扳机。河那边的那个家伙,全身赤裸裸的,就像从母亲肚里刚生出来那样,而他也正赤身裸体地站在河边,他们是两个剥光了衣服、剥去了姓名、剥掉了国籍、剥下了卡其布军服的赤裸裸的人……枪口下的这条河没有把他们分开,却把他们连到了一起。

他把枪放下,低下了头,就在这时,"砰",只听见从对岸传来一声枪响,他眼前一黑,什么也看不见。几只飞鸟惊骇地从岸边的灌木丛中蹿出,他双膝跪地,接着,那张惊恐的脸平贴到了地面上……

（霍革军　编写）

（题图:箭　中）

　　威尔·欧克迪兰,尼日利亚人,1955 年生,费伊大学毕业。他既是作家,也是医生,曾游历埃及、英国、法国、美国和西非诸国,著有多篇诗作和短篇小说集,在世界文坛享有很高的声誉。

　　本文根据欧克迪兰的同名小说改编,作品批判了金钱至上、唯利是图的社会现实,同时对生活底层的平民寄予了深切的同情,结构严谨,情节跌宕,表现了作者构思方面的超常智慧。

痛苦的交易

　　里鲁斯今年 40 岁,在拉哥斯南方医学院工作了 20 年。乍听起来,还挺令人羡慕的,不过,你千万别误解了,他既不是上讲台的教授,也不是拿手术刀的医生,而是一个太平间的服务员。他的工作是每天从福尔马林容器里,把冷藏尸体弄出来,搬到铝制桌面上,供学生们上解剖实验课用。等课程结束了,他再将尸体送回容器,妥善保存。

里鲁斯心态很正常,他要抚养7个孩子,哪能对工作挑肥拣瘦?因而干起活来,"吭哧吭哧"很卖力。

这天,里鲁斯和平时一样,走进太平间,动作麻利,不到一个小时就把活干完了。他直起身伸了伸懒腰,一边退下橡皮手套,脱下工作围裙,一边久久地环视太平间……

正在这时,墙上的挂钟"当、当、当、当、当"连敲了五下,医学院的学生们开始进入房间。

"晚上好,里鲁斯先生!"学生们笑着同他打着招呼,里鲁斯也微笑着还礼。他坐在分隔式小房间的凳子上,看着学生们围在桌子周围,有些学生坐在那里工作起来,有些则站着开玩笑,对这间小屋评头论足。里鲁斯今天心情很好,想到6点钟的约会,他就一阵激动,那是一个他盼望已久的约会,虽说交易的细节对他来说还云遮雾罩,但他的朋友詹姆士曾代他洽谈过这笔交易,并向他保证能让他捞一大笔钱。

有一大笔钱,就能把儿子送进大学……里鲁斯正美滋滋地想着,一个学生冒冒失失闯了进来,说:"对不起,里鲁斯先生,有人在外面等你。"

里鲁斯皱皱眉,看看表。现在才5点30分,交易的时间还没到,怎么提前啦?但里鲁斯还是走了出去,见是他大儿子皮特在等他,他没好气地说:"找我有什么事?"

"妈妈问,阿尔弗雷德和玛丽是不是和你在一起。"阿尔弗雷德和玛丽是里鲁斯最小的公子和千金。

"和我在一起?他们怎么会和我在一起呢?我不是要他们去山姆叔叔那儿等着,好让你去接他们吗?"

"我——我不知道你告诉他们了,我——我没有到山姆叔叔那儿去看一下。"

"你没有到那儿去看?"

"没有,爸爸,我——我——"

"你这个大笨蛋!你应该首先到那儿看看,然后再到这儿来。"里鲁斯吼道,转身就返回太平间。"白痴,"他嘴里骂骂咧咧,一屁股又坐到了凳子上,抬起头瞥了一眼钟:6点还差20分。一想到马上就要来的交易,一阵快意掠过他的全身,他又一次笑了。

读到这里,读者可能要问:到底是什么交易?先透个底:原来,前两年南方医学院委托里鲁斯购买尸体,他偶然发现这件事可以带给他一个赚钱机会。最来钱的便是购买因交通事故和自杀造成的无人认领的尸体。以前,这种尸体很好弄到,可如今,随着交通事故的减少,且新成立的医学院数量急剧增加,尸体越来越少了。其价格每具高达5000奈拉,小孩子的尸体更贵些,尤其是胎儿尸体,医生们要用他们来研究先天性疾病包括遗传缺陷,甚至胚胎学。

里鲁斯很善于购买尸体,并把其中的一些尸体再转手卖给其他医学院和做骨骼生意的公司。里鲁斯的交易后来被妻子察觉了,一天,妻子拿着一份报纸递到他的面前,他一看,是关于一些不法之徒从事贩卖尸体勾当的报道,就不屑一顾地对妻子说:"只要我不杀人,就没有什么可担心的。我的工作只是买和卖。"妻子见劝不了丈夫,也就不吱声了。从此,里鲁斯进一步扩大业务,越来越多的生意弄得他应接不暇了……

6点一到,里鲁斯悄悄地溜了出去。

詹姆士果然在门口等着他,指着站在停车坪旁边的三个人说:"他们人已经来了,和我先前告诉你的一样,这将是一笔诚实的好买卖,你完全可以放心。"他俩边说边向那些人走去。

那三人一看便知道是个小团体,为首的是独眼龙,长得又矮又胖,话虽不多,但说话的口气阴森森的,令人不寒而栗:"我们每周向你提供三具尸体。"

每周三具尸体？里鲁斯咂咂嘴，果真如此的话，他用不了多久就能满足他那些买主的需要了。

独眼龙又补充说："这些尸体将以每具1000奈拉的价格提供给你，先付钱。"

里鲁斯听了热血沸腾，心想：如果他以1000奈拉买下一具尸体，就能净赚4000奈拉！10具尸体就能赚40000奈拉！他对自己的小算盘太着迷了，甚至没有听那人还说了些什么，脱口便说："我希望这次交易中能有一二具孩子尸体。"

"没问题，伙计。"独眼龙果断地说，"实际上，每次交易至少将包括一具孩子的尸体。"

"至少一个孩子？"里鲁斯呼吸急促起来：妈呀，一次就净赚6000奈拉！

"好吧，请付钱，天不早了。"独眼龙伸出手来说。

里鲁斯飞快地取出皮夹，手哆哆嗦嗦的，点着钞票。他把钱递到那人手里，向詹姆士看了一眼。

詹姆士把嘴一撇，大大咧咧地说："你尽可以把钱付给他们。"

独眼龙把钱交给同伙，握住里鲁斯的手说："今天晚上8点钟，你会在太平间门口发现三个麻袋。"然后，这伙人招呼詹姆士钻进出租车，一溜烟开走了。

里鲁斯心情愉快地回到太平间，做完他这一天的工作。解剖课拖得很晚，里鲁斯7点30分才回家，却见妻子焦急万分地等着他。

"里鲁斯，我们没有找到阿尔弗雷德。"她说，泪水顺着面颊淌了下来。

里鲁斯问："玛丽在吗？"

"她在家。她说，阿尔弗雷德执意要到你办公室去而没有去山姆叔叔那儿。这以后我们就没见到他了。"

里鲁斯惊呆了:"山姆也没看见他?"

"没有。我还让皮特上他老师家里看过了。他有时候会呆在那儿"

正在这时,皮特上气不接下气地跑进屋里。

"爸爸! 爸爸,弟弟的几个同学说,他们看见他一个小时前和一个男人上了一辆出租车。"

"一个男人? 什么样的男人?"里鲁斯问,声音明显有些颤抖。

"他们说那男人有一只眼睛是瞎的。"皮特接着说。

"一只眼睛怎么啦?"里鲁斯喊了起来。等皮特把刚才的话又重复一遍后,里鲁斯想起了刚才的那笔交易,冷汗从他脸上慢慢渗出,他哀叫一声:"上帝呀! 我完了。"他边说边去找手电筒。

"里鲁斯,怎么回事? 那男人是谁?"里鲁斯夫人问,可她丈夫根本没有听见,他已经跌跌撞撞地朝医学院方向急步走去。

半小时后,他来到太平间,径直走向搁在门旁的三个浸满血迹的麻袋。他用小刀划开第一个麻袋,用手电筒往里面照了照,又去划第二个麻袋。当他划开最后那个麻袋,盯视着麻袋里他七岁儿子的尸体时,里鲁斯发出了一声凄厉的惨叫……

(霍革军　编写)

(题图:箭　中)

马克·吐温（1835—1910），美国杰出的幽默讽刺小说家。代表作有《镀金时代》、《百万英镑》、《王子与贫儿》、《竞选州长》等。《光荣的事情》根据其同名小说改编。

光荣的事情

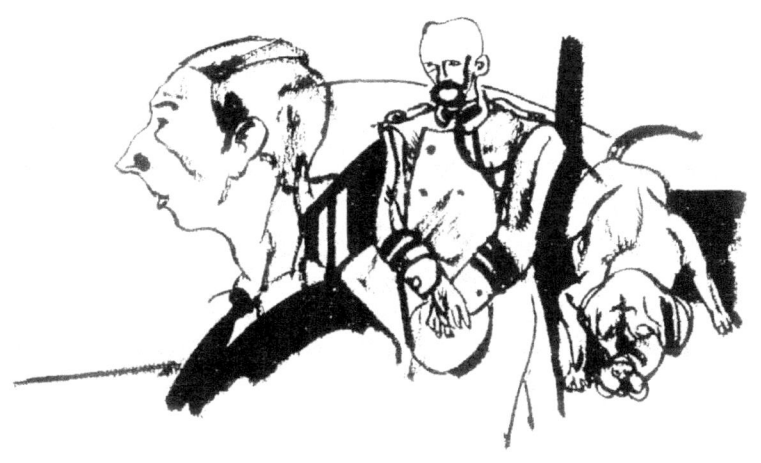

哈特出差在外，不幸丢了钱包，他急需三美元给家人打电话，可是哈特在这里人地生疏，到哪里去弄钱呢？

哈特沿着街道徘徊了整整一个多小时，脑袋憋得生疼，还是一点办法都没想出来。天渐渐地黑下来，而且还下起了雨，哈特百般无奈，只好走进爱伯特旅馆，找了个地方坐下来。这时有一只哈巴狗摇头晃脑地跑过来，它快乐地摆动着尾巴，围着哈特团团转，一副亲昵的样子。哈特抱起小狗，用手抚摸着小狗那缎子般光滑的脑袋，心里的烦恼顿时少了许多，他们像久别重逢的老朋友,亲热地依偎在一起。

过了一会儿,一位穿着制服的将军走进旅馆,他一转头突然看见了这只小狗,眼中立刻流露出喜爱的神情,他大步走到哈特面前,一边用手轻轻抚摸着小狗,一边温和地说:"这是一只讨人喜欢的小狗,先生,你愿意把它卖给我吗?"哈特显然吃了一惊,但他很快就明白过来了,爽快地答应道:"愿意。"

将军高兴地问:"你准备卖多少钱?"哈特毫不迟疑地说道:"三美元。"这次轮到将军大吃一惊了:"你说什么?三美元,这可不是一只平常的狗啊,它至少值五十美元。先生,你可能不懂行情,但我是一个有身份的人,不想占你的便宜。"哈特毫不心动,还是那句话:"不错,我只卖三美元。"将军不好再坚持了,他从上衣口袋掏出三美元,交到哈特手里,然后抱起小狗,高高兴兴地上楼去了。

哈特有了钱,却并不急着去打电话,仍坐在那里,似乎在等着什么。果然,过了十来分钟光景,从外面匆匆走进一位相貌温和的中年绅士,不住地东张西望,好像在寻找着什么。哈特慢慢走上前去,问道:"先生,你在找狗吗?"中年绅士焦急的脸上立刻露出一线希望:"对,对,您看见啦?"

哈特点点头,说:"是的,刚才我看见它被一位将军抱走了,如果你需要我试的话。我愿帮你找回来。"中年绅士长长地出了口气,不住声地向哈特表示感谢,并催他带路。哈特意味深长地笑笑,说:"找狗没问题,先生,只是那要耽搁我的时间。"

中年绅士是个聪明人,马上明白了对方的暗示,很大度地说:"多少钱?开个价吧。"哈特毫不迟疑地说道:"三美元。"

"三美元?"中年绅士显得十分惊讶,三美元能派什么用场?他提醒道:"先生,即使给您十美元,我也心甘情愿,您知道这只狗的身价吗?"哈特摇摇头,坚决地说:"三美元,我一分钱也不多要,你在这里等着,我马上去把狗抱来。"说完,他径直走到旅馆服务台,打听到了将军房间的号码。

哈特走进房间时,将军正兴高采烈地在给小狗洗澡。哈特说:"将军,真对不起,我要把这只小狗带回去。""这是怎么回事?这只狗你已经卖给我了,而且价钱也是你出的。"将军毫无思想准备,脸色大变,不高兴地挥挥手,要赶哈特出门。

哈特赶紧说明:"有人找上门来了,这只狗不是我的。"将军更加愤怒了,直着嗓门嚷道:"不是你的狗,那你为什么要卖呢?"

哈特不急不躁地解释道:"你这就问得稀奇了,是你自己要买的,而且你亲口说,这只小狗值五十美元,事实上我只要了三美元,这公平吗?"

这时,那只可爱的小狗也不失时机地叫了起来。将军心里舍不得,还想作最后的努力,他咕哝道:"这真是我生平遇到的最稀罕的事,我觉得咱们的买卖是公平的,这事是否再商量一下。"

想到楼下焦急等待着的中年绅士,哈特不愿再多耽搁,他平静地说:"将军,请不要再费口舌了,争论下去也是白搭,因为这只狗不是我的,在这个问题上我没有选择的余地,如果你处在我的位置,如果⋯⋯"

将军的大脑神经实在受不了了,他双手捂住耳朵,大声嚷道:"好啦,好啦,我不想听你的解释,快把狗带走,我要休息了。"

哈特把三美元还给将军,抱起小狗下了楼,交给了那位中年绅士,按事先的约定,中年绅士给了哈特三美元。

哈特心安理得地收下了三美元,他觉得自己做了一件光明正大的事情,在山穷水尽的情况下,自己只能这样做。给家人打完电话后,哈特还在自言自语:"我绝不会用那卖狗的三美元,因为那狗不是我的。但如果没有我的帮助,狗主人肯定不会那么顺利地找到狗,那三美元是我劳动赚来的。"

(张镜波　编写)

(题图:箭　中)

美国电影艺术家阿尔弗莱德·希区柯克，被誉为"悬念大师"、"电影界的弗洛伊德"。他的作品有着丰富的意蕴、精巧的艺术结构、复杂的人物个性和广阔的阐释空间。

黄裙子

尼克是个好逸恶劳的青年，因为偷盗，被判了四年刑，从此他便过起了监狱生活，狱警们常常是一大早就把他们带到采石场，干的是重活，累得像牛马，还饿着肚子，晚上住的是一个矮小的牢房。他无法忍受，今天早晨六点，他终于从劳动的地方逃了出来……

现在，尼克正躺在一棵茂密的橡树下休息，他满头是汗，囚服裹在腰里，黏乎乎的。他躺了好几分钟，心情才渐渐平静下来。他坐起了身，背靠着树干，用袖子擦去了流到眼睛里的汗水,然后再次眯起眼睛,想判断太阳的位置,但是,透过密密的枝叶,只能看到一片片的蓝天……

尼克叹了口气,他知道目前的处境极为凶险:监狱方面一定已在各处设立了哨卡,而且警卫们很快就会搜索到这里来,一旦抓住了他,他的刑期又会延长五年。

就在尼克起身准备转移的时候,不远处的荆棘一动,"窸窸窣窣"一阵响,突然,从那里走出了一个人……

尼克魂飞魄散,但细细一看,却见那是一个女孩,不超过十七岁,她穿着蓝色牛仔裤和短衬衫,站在二十英尺之外,眼中没有恐惧和不安,很镇定地看着尼克。

尼克抬起头打量着女孩,他尽量控制着自己不要吓着对方,要不,她尖叫着逃出树林,别人还以为他对姑娘做了什么非礼的事呢。正当尼克在考虑如何开口时,那女孩先说话了:"你一定就是那个逃犯,爸爸打电话回来,说有个犯人逃走了,让妈妈和我留在家里,不要到外面来。"

尼克眨眨眼睛,舐舐嘴唇:"你好像没有听你爸爸的话嘛,小姐,你和一个逃犯在一起,不怕吗?"

女孩挺认真地说:"没什么可怕的,你的样子并不吓人,如果你洗个澡,换件衣服,就和普通人一样了。"

"谢谢。"尼克嘴上这么说着,心里却在估计着自己能用多快的速度跑到女孩的身边,然后抓住她,用她做人质,这样,即使监狱的警卫们追上来,也不敢轻举妄动,说不定还会乖乖地听命于他。

尼克正想动作,那女孩却提出了一个令他十分感兴趣的问题:"你为什么不找个地方先躲一下?"

"没有可以藏身的地方呀!"

女孩折下一枝野花,开始一瓣一瓣地扯下花叶,她哼着歌,并不看尼克,一副满不在乎的样子:"我知道一个地方,一个全世界只有我一个人知道的藏身之处,十分安全,如果你愿意,你可以在那里躲一辈子。"

两人都不说话了。尼克打量着这女孩,不知道怎么做比较好,是拿她当人质呢,还是让她帮助他?尼克相信那女孩愿意帮助自己,否则她不会提到那个藏身之处。

尼克决定让那女孩帮忙,女孩便领着他走上了一条通往沼泽深处的小路。走着走着,来到一条河边,女孩弯下腰,脱掉鞋子,下了河,走了一会儿,又上岸走到一块草地上,在上面擦干脚,坐下来穿鞋。尼克在她身边的草地上坐下,倒出鞋里的水,问:"你为什么不听你爸爸的话,硬是不留在家里呢?"

"因为他是个最固执的人。"

"他在什么事上固执呢?"

女孩满腹委屈地说:"什么事上都固执!比如,镇上的服装店里有一条黄裙子,非常漂亮,售价五十元,我爸爸说太贵了,不愿给我买。"女孩边说边走,又踏上了一条小路,这路曲曲折折,但越走越宽,不久便来到一块空地上,女孩停住脚步,用手一指:"喏,就是这儿。"

尼克看看眼前这片空地,皱起眉头问:"这儿?我就躲在这块空地上?"

女孩得意地一笑,迈着轻快的脚步走到空地中间,跪下,扒开几块厚厚的青苔和一些松散的泥土,露出了一道活门。尼克走过去,好奇地看着那个活门:它是用木头做的,很厚,挺重的,门旁边有厚重的铁门栓,门栓如果插到旁边的一个水泥凹处,这门就无法打开了。尼克探头过去,看到了下面的黑洞。

"这里过去或许是藏赃物的地窖,也有可能是有钱人的避难所。"女孩告诉尼克,同时骄傲地补充说,"我很小的时候就发现了,我从来没有告诉过任何人。"

女孩沿着一个长满青苔的木梯走了下去,她走到黑暗之中,见尼克还在洞口张望,就不耐烦地说:"嘿,下来啊!"

尼克听到女孩这种盛气凌人的吆喝十分恼火,四年来,他一直被人这么呼来唤去,他已经受够了。他轻轻地骂了一声,伸出一只脚,先踏在梯子上端的木板上,试试牢不牢,见梯子仍然很稳,就放心地走了下去。他到洞底时,火光一闪,原来女孩划火柴点着了存放在这里的蜡烛……

借着蜡烛光,尼克仔细地查看了地窖。它很小,很干燥,比上面的沼泽凉快;他用手摸摸墙壁,惊讶地发现,那墙非常坚固。

女孩告诉尼克:这里是最安全的地方,只要在这里住上三四天,等监狱警卫认为他已经逃走了,停止搜索后,他就可以溜到铁路边,搭车离开。她可以每天送来一加仑水,带些三明治,以及其他一些需要的东西。

尼克斜倚在墙上,借着烛光,怀疑地看着女孩:现在的人不会随便帮助别人的,除非有理由,可女孩这样帮他有什么理由呢? 就在女孩缓步向木梯走去时,尼克挡住了她的去路:"我没有理由相信你,你为什么要这样帮我?"

"天哪!"女孩气愤地叫起来,"我发现你在沼泽里,累得半死,我好心带你到这个安全的藏身之处,你却这样怀疑我!"

尼克阴冷的目光逼视着女孩,话说得平静,却是杀气腾腾:"你现在可以跑回镇上告发我……"这话是在试探:女孩听了这话后只要露出一丝惊慌,说话只要有一点破绽,尼克就会扑上前去,扼住她的咽喉,这又黑又小的地窖,便是她的葬身之处!

女孩不慌不忙地说:"要是告发你的话,你刚才在林子里躺着时,我就可以去告发了,还会这么费事地带你来这儿吗?"说着,女孩坐在地上委屈地哭了起来。

尼克有点不知所措,他考虑着眼前的处境:外面,狱警们在追捕他,而这地窖,确是个不错的休息之处,她每天还会送来食物和水……想到这些,尼克让开了木梯,摆了摆手,说:"你上去吧,我就照你的意思去做,别哭了。"

女孩抽泣了几声,站起来,问道:"你的话当真? 你不准备伤害我了?"

"是的,我不伤害你。"

女孩一步一步爬上木梯,到了地面,紧接着她便抬起了那沉重的木门,准备盖上……就在这时,女孩突然停住了手,对着地窖里的尼克说:"顺便告诉你,你记不记得我说过的黄裙子,我爸爸不肯给我买的那条,五十元钱的那条?"

尼克抬着头,眯起眼睛说:"记得,怎么啦?"

女孩露出了一个微笑,这是尼克见过的最邪恶的微笑。那女孩笑过之后,得意洋洋地说:"啊,我差点忘了告诉你,警方的悬赏是这样的:逮到逃犯赏五十元,提供线索而逮到逃犯,只给二十五元……那条黄裙子要价五十元,我想它都快想疯了……"

尼克目瞪口呆地站在那里,"砰"地一声,门被盖上了,接着,他又听到了门栓插上的声音,他知道,自己又成了囚犯……

(乔 立 编写)

(**题图:**箭 中)

艾尔,美国当代著名作家。著有小说多种。本文根据他的同名小说改编。作品成功地描绘了一对急功近利的夫妇形象,并艺术地表现了"好事"与"坏事"之间的哲学关系。作品情节曲折多变,显示了一种生活的幽默和轻松感。

美国来客

这天上午,保罗驾驶着一辆敞篷车沿着乡间小道向镇上开去,妻子诺拉坐在一边,两人有说有笑的。不多时,对面开来一辆美国红色大轿车,保罗见道路比较窄,就转动方向盘,把车移到一边,让那辆大轿车开过去。

大轿车慢吞吞地开着,擦肩而过时,保罗不经意地朝那人望了一眼,不禁眉头打了个结:"咦,我好像在什么地方看见过这张脸?等等,我想起来了。"他马上掉转脸,对妻子说,"诺拉,昨天的晚报你放哪儿了？"

诺拉听了笑了笑，说："巧得很，这晚报就放在车尾，昨晚我去鱼铺里买鱼，鱼铺里没报纸，我就用它来包鱼了。你要的话，我这就给你拿来。"她叫保罗把车停稳，走到车后，打开尾厢，取出裹鱼的那张报纸。保罗迅速翻到中页，指着一张照片给诺拉看。照片上有些地方已被鱼血濡湿，但是那张脸却清晰可辨：大嘴巴，小耳朵，戴着一副深色眼镜。

诺拉问道："报纸上对那辆车有什么描述吗？"保罗看了看报纸："没有，不过上面说他是个英国人，但其谈吐、装束像个美国游客，也许那车是偷来的。像这种人，每个礼拜都要换一辆车。"

"那怎么办？报告警察吗？"

"不，我得把情况摸清楚。"说完，保罗掉转车头，沿着那辆大轿车的方向开去。很快，他们就看到那辆红色大轿车，开得很慢，最后在一家庄园前停了下来，司机从车里出来，四处张望，接着向一所白色的旧房子走去，房子半掩在绿树丛中。保罗也把车停了下来，停在路边的一辆旧农用马车后面，好不让那人发现。

"这是莱特富特庄园！"保罗说，"这个夏季莱特富特到希腊去了，和他的家人聚在一起。记得吗？莱特富特娶了一个希腊姑娘。花匠照应着庄园，但目前那里没人住。"他又看了看报纸上的照片，然后下了车。"听着，诺拉，你就呆在车里。我穿过空地，赶到房子那边。他不会看到我的，但我要抓住他。你一听到我叫你，就尽快把车开过来。"

保罗离开诺拉，急速穿越空地。他看到那人正走出前门，见花房的门敞开着，径自走了进去。保罗一见，心中大喜，他轻手轻脚跑到花房那里，把门"砰"地关上，然后从外面用锁锁住。花房既没有第二个门，也没有第二个窗：那人成了瓮中之鳖！保罗二话没说，撒腿便向诺拉这边奔来。这时他隐约听到身后那人愤怒地捶打着门，然而，那门太结实了！一会儿，那人便泄了气。

保罗夫妻俩赶到警察局，一五一十向警官汇报了那个小耳朵男人的情况。警官看着他，大惑不解："这人今天早晨在波哥纳被抓获啦。我估计，你抓的是另外一个人。"

"是吗？那怪我们太积极了！我妻子太想5000英镑了！"

"这个我懂，先生，我老婆也这样，"警官笑着说，"那么，我们用不着浪费时间了，得赶紧回去，把花房里的人放掉。"

"也许这个人也是个通缉犯呢。"保罗心怀侥幸地说。

"也许吧，先生。但假如他不是的话，你可能要惹麻烦啦，他可以控告你非法关押。"

"但他来莱特富特庄园做什么？莱特富特先生是我的朋友，我不能让人进去偷他家的东西。"

在警察局外，诺拉正兴奋地和一个记者唠着，保罗一把拉过妻子钻进警车。当他们一行人赶到莱特富特庄园时，他们发现花匠正站在路中，看见他们，就激动地说："有个人关在我的花房里，我弄不懂，他怎么会关在里面呢？那人咆哮着用脚踢门，我很害怕，幸好你们来了，看看是怎么回事吧！"

他们蹑手蹑脚地来到花房门前，警察砸开了门。屋内点着灯，那人正坐在椅子上看书，他一看到警察，就跳了起来："这是什么国家？"那人咆哮着说，"我来这人家，是要给汽车加点水，可前门没人答话。我见这里门开着，就到这里看看，接着就被人关在里面。我想，肯定是哪个小孩子干的！"他的脸越来越红，"如果给我逮着的话，他可就惨啦。是吗，先生！不把他的屁股揍扁，我是不会罢休的，不然的话，我就不是霍华德了！"

那个霍华德很快就被无罪开释了，保罗和诺拉俩一脸沮丧，拖着沉重的步子回到了家中。那天夜里很晚了，保罗和诺拉坐在火炉旁，还在不愉快地谈论着那个开红色大轿车的人……

就在这时，门外有人敲门，保罗起身拉开了门，见门外果然站着一个人："你是保罗先生吗？我是饭店的服务员，这里有霍华德先生给你的一封信,请你签收。谢谢你,晚安。"

保罗把信拿进起居室,看着妻子说,"诺拉,这信是那美国佬来的。我估计有麻烦了,我已在上面签过字。现在,我们要请律师帮我们一把。""信上是怎么说的? 你还没拆开呢?"

保罗拆开信,随手把信封扔进火炉,然后读起信来:

保罗先生:

今天我非常感激你把我关起来。我对你说过许多不恭的话,对此,我深表遗憾。我的家族移民美国已有一百年了。今年夏天我来英国,就是为了寻找家族旧址。但我未能找到,是你帮我发现了她。

下午在花房里,我让你留下姓名及地址。你写在了一张旧书落出来的纸上。回到饭店,我研究了那页纸。这是一封信,写于1867年,是我的祖先从纽约写给莱特富特庄园的大卫·莱特富特爵士的。保罗先生,你把我关到我的老家了。

明天,我想请你和你的妻子共进晚餐。还有,我想你尽快花掉这张支票。

你诚实的朋友霍华德

"支票?"诺拉惊叫道,"保罗,信封里有支票,可你把它烧了!"

保罗还未应声,隔壁房间的电话响了起来,保罗奔过去,拿起话筒:"保罗先生吗? 我是霍华德。你收到了我的信吗? 对不起,我没把5000英镑的支票放进信封。明天晚宴时,我把它交给你。你听着,保罗先生。我的耳朵小,有点儿像报纸上的那个嫌疑犯,但支票是正宗的。祝你晚安。"

（秋　雨　编写）

（题图:箭　中）

梅里美，法国著名作家。他的中短篇小说数量不多，却驰名于世界文坛。本文改编自他的代表作《马铁奥·法尔歌尼》，故事脉络清晰，情节动人心魄，其手法值得我们借鉴。

无情的子弹

科西嘉岛南部海港往北有一片丛林，离丛林不远，住着马铁奥·法尔歌尼一家三口。马铁奥是当地著名的神枪手，他可以距离120步远一枪撂倒一头野山羊。当年他就是用这神奇的枪法杀死了他的情敌，所以当地人对他十分敬畏，连官兵都不敢去惹他。

马铁奥的妻子一口气给他生了三个女儿，他气得差点要发疯。幸亏上帝保佑，三个女儿陆续出嫁后，他妻子终于给他生了个儿子，取名叫福尔，现在已经快10岁了，马铁奥万分珍爱这个孩子。

这天，马铁奥和妻子一大清早出门到丛林中去，留下福尔看家。转眼到了上午,福尔无所事事,躺在屋门口晒太阳。

突然,一声枪响惊动了福尔,他警觉地站起来,向那个方向张望。枪声又响了几下,接着,通往他家的小路上出现了一个衣服破烂、满脸胡子的汉子。这汉子挂着一支长枪,一瘸一拐地走过来,看得出,他的腿受了伤。

汉子艰难地走到福尔面前,问:"你是马铁奥的儿子吗? 巡逻队在追我,请把我藏起来,我再也跑不动了。"

福尔冲他上上下下打量了一阵,说:"等我父亲回来再说吧。"

那汉子喝道:"来不及了! 如果你不照我说的做,我就干掉你!"

福尔不动声色地说:"你枪里的子弹已经打光了吧? 而且,你能跑得比我快吗?"说着,他机灵地往后一跃,笑眯眯地问道,"你怎么干掉我呢?"

那汉子知道来硬的不行,就说:"你不是马铁奥的儿子! 马铁奥的儿子能眼睁睁地看着我在他家门口被抓走么?"

福尔似乎动心了,他走上一步,问:"你能给我什么?"

汉子在腰带上的皮袋里摸索了半天,掏出一枚 5 法郎的硬币,递给福尔。福尔一见硬币,不禁眉开眼笑,他一拍胸脯道:"好,我把你藏起来。"说着,他马上在屋旁一堆干草里挖了个大洞,让汉子钻进去,然后把草盖好,又抱来一只雌猫和几只小猫放在干草堆上,造成一种没人动过的假象。接着,他又用尘土盖没了附近小径上的血迹。一切安排妥当以后,他才若无其事地在太阳底下重新躺下来。

几分钟以后,一个军士带着 6 个穿制服的大兵追来了。那个军士认识福尔,就走上来问他:"小家伙,你看见一个男人跑过吗?"

福尔摇摇头,装作一无所知地问:"什么男人呀?"

军士说:"不要装糊涂,血迹到这里消失了,他一定是从这条路逃跑的,你快把他交出来! 要是你不说,我们可要进屋去搜了!"

福尔冷笑道:"要是我爸爸回来,知道有人敢进他的屋子搜查,他会怎么样呢？他可是马铁奥呀。"

一个士兵对军士提醒道："马铁奥咱们可惹不起啊。"

军士一言不发地紧盯着福尔，然后微微一笑，说："我们只是随便看看。"

士兵们很快在屋里屋外查看了一遍，但是什么也没发现。一个士兵走到那堆干草前，看了看几只猫，漫不经心地朝草堆里刺了一刀，可是一点动静也没有。

军士失望地耸耸肩，沉思了一会儿，忽然从怀里掏出了一只银质的挂表，在福尔面前一晃。他看见福尔的眼里闪现出一丝惊喜的神色。军士对福尔说："你是个懂事的孩子，如果你告诉我那个男人在哪里，我就把这个挂表送给你，怎么样？"

福尔咬着嘴唇，望着挂表，又用怀疑的眼光看了看军士。

军士说："我不骗你，这里的人都可以作证，只要你告诉我，这只挂表就归你了。"银质挂表在福尔眼前晃来荡去，福尔的心也不住地抖动着，终于他的贪欲战胜了对汉子的信义。他慢慢伸手接过了挂表，然后用左手拇指指了指那个草堆。

士兵们一拥而上，很快从草堆里抓住了汉子。那汉子一边挣扎，一边对着福尔吼道："你这个小杂种！"福尔没吱声，把硬币扔还给他，因为他觉得自己已经不配享有这枚硬币了。

就在士兵们为自己的胜利高兴，忙碌着给汉子做担架和包扎伤口的时候，马铁奥和妻子在通往丛林的小径拐角上出现了。马铁奥远远看见士兵，立刻扔掉了背上的大口袋，把手上的枪上好弹药，然后慢慢向自己的家门走过来。

军士一看不好，连忙做出高兴的姿态，笑盈盈地向马铁奥走过去，一面大声说："马铁奥老伙计，你好！我们在这里抓住个叛乱分子，我们抓他好久了。今天多亏了你儿子帮忙！"

马铁奥听了，顿时露出了疑惑的神色，他放下枪，走近军士，问："怎么回事？"军士便把事情的经过告诉了他，马铁奥仔细地听着,他的脸色越来越难看。

担架上的汉子看着马铁奥,露出古怪的笑容,转过脑袋,对着马铁奥家的大门啐了一口,说:"奸细的家!"要是往常,谁敢这么辱骂马铁奥,马铁奥一定会把那人打个头破血流。可今天,他垂着头,什么也没说。

福尔为了消除心中的不安,讨好地从屋里端出一大碗羊奶,送到汉子的面前。"滚开!"汉子雷鸣般地大吼一声,士兵们抬着他上路了。一直到士兵们的身影在视线内消失,马铁奥还是一语不发。他拄着长枪,两眼喷射着怒火,逼视着孩子。"你开头开得很好!"马铁奥终于开了口,声调十分平静。

福尔噙着眼泪走过来,可是马铁奥怒斥道:"别走近我!"他看见福尔衬衣上露出的半截表链,一把抢过来,在石头上砸得粉碎。

他回头问满脸惊恐的妻子:"这孩子是我的吗?"妻子的脸立刻涨得通红:"马铁奥,你说的是什么话!你知道你在对谁说话吗?"

"好,既然如此,这孩子就是我们家族中第一个背信弃义的人⋯⋯你跟我来。"马铁奥说完,提着枪扭头向丛林走去,福尔不敢违抗,也跟在后面。

妻子奔上去,抓住马铁奥的胳膊,涕泪俱下,声调颤抖地说:"马铁奥,求求你了,我们就这一个儿子!""放开我,"马铁奥双眼一瞪,"我是他父亲!"

妻子拥抱了孩子,然后哭着回去,跪倒在圣母像前,虔诚地做着祈祷。

不一会儿,丛林中传来一声枪响。妻子发疯似的跑出去,在路上遇到了马铁奥。"你干了什么?"妻子高喊道。

"伸张正义。"马铁奥平静地说,"他是祈祷以后死的,我会给他做弥撒。去告诉我们的女婿蒂奥多罗,让他来和我们一起住吧。"

（陈　默　编写）

（题图:箭　中）

星新一(1926—1997),日本当代著名小说家,东京人,毕业于东京大学农艺化学系。1957年开始写微型小说,从此一发而不可收,到1983年,他发表的小说已超过一千篇,成为世界上独一无二的微型小说高产作家。星新一短篇小说构思精巧,想像丰富,故事性强,结尾往往出人意料,深得读者喜爱,在日本被称为"人生必读书"。

对

策

这天,信子来到一家百货大楼,一进门,她的脚步就不由自主地变得轻飘飘的。这里时髦的服装,进口的百货,各种精美的商品,琳琅满目,看得人眼花缭乱。

她先在一楼兜了一圈,然后装作不经意般走近卖餐具的柜台,在那儿悄悄摸起一把叉子,塞进皮包。她心想,这种时候千万不能东张西望,慌慌张张地走开也不是上策,最好是装出买不买还没有拿定主意的样子,然后再从容地脱身。

果然不出所料,没有一个售货员发觉她这种行为。

信子一看周围没动静,就乘电梯上楼,来到电器用品的柜台前。这里摆着好多微型收音机,她随便拿起一个,装着精心挑选的样子,一会儿放回去,一会儿拿起别的。冷不防,又把一台小型收音机悄悄塞进皮包里。

在这家百货大楼下手,可真够轻而易举的了!想到此,不由得一阵狂喜。她走向楼梯口,脚步轻轻地准备转移到别处。这时,耳后有人在轻声地问:"小姐,您没有忘掉什么吗?"

回头一看,是个中年男子,他衣着普通,但目光却咄咄逼人。一刹那,信子紧张得全身变僵了。不过她还是稳住了神儿,满不在乎地答道:"噢,谢谢,我没忘什么。"

"那好,想跟您谈一谈,请到这边来。"

那男子悄悄地拉住信子的手,把她带进柜台后面的房间里。屋里空荡荡的,只有一张桌子和一把椅子。

"你要谈什么?"

"请您别装傻,我说的是您皮包里的收音机。"他边说边拿出自己的证件,原来他是这家百货大楼的警卫。

信子打开皮包,把收音机拿了出来,"这又怎么啦……我有个习惯,出门总带着它,这样很方便。"

"可是,我看见您刚才好像没有带着它。"警卫的声音还有一种压力,暗示他已经全知道了。看样子,跟这种对手再装下去是无济于事的。

"是呀,这是刚买的。"

"那么,请您给我看看发票。"

"噢,行啊。可是……弄到哪儿去啦?"

信子假装掏胸前的衣兜,卖弄风骚,频送秋波,窥探一下反应。但对方根本不为所动，看来，这个办法在这种对手面前也不会有多大作用，"……找不着了。说不定是丢了。"

"究竟是不是买的，一问柜台马上就清楚了。"

他伸手准备拿起桌上的电话。信子只好赶紧拉住他的手，向他求情："是我错了，钱还没有付呢。我特别喜欢它，所以先放进皮包里了。"

"既然是这样，您最好一开始就认账。好，那么，请把姓名和地址告诉我。您可别编，我会打电话核实的。"

"求求你，请别问我的名字。若是让家里人知道，我还不如死了呢。"

信子抽泣着，嗓音也稍稍变高了些。这一套是她多年反复练出来的本事。她一边哭，一边走近窗口，摆出一副马上就要跳楼的架势。可是，对方却好像无动于衷，冷若冰霜。

她站在窗边，扭过头来，说："你就不能高抬贵手吗？东西已经还了，你们公司什么也没有损失嘛。我刚才是鬼迷心窍。难道为了这么一个小玩意儿，就非得逼我走上绝路不可？"

"如果是别人，那还情有可原。可是您既然能说出鬼迷心窍这类词儿，说明已经不是第一次干这种勾当了。"

警卫似乎已经全部识破了信子刚才装疯卖傻、开脱罪责以及卖弄风骚的真正用意。

"我发誓以后绝不再干了。我是控制不住自己，不知怎的就把手伸出去了。"

"那么说，您得了什么'病'吗？如果这是一种'病'，那就更不敢说这是最后一次啰。不趁早住院治好这种恶习，会给社会带来更大的危害。"

警卫寸步不让。信子不得已使出了最后一招，假装掏出手绢儿擦眼泪，偷偷带出一张高额钞票，扔在地上，然后便提醒他："哎，你的钱掉在地上了。"

警卫拣起钞票，莫名其妙地看着，然后双眉锁紧："不行，您不能这样做……"

"这不是我的。如果我有钱，我就会规规矩矩付收音机的款了。"信子趁他从地上拣钞票的空儿，又在桌上偷偷地放了一张，一边解释，一边指着钞票说："瞧，那儿还有你扔下的钱哪。唉，一想到家里的人，无论如何也得求你放了我。我劝你也想想你的一家，请把我放了吧。"

为了打动他的心，信子用一种老练而又恳切的口吻说着。这时，警卫的表情好像有点变化，他用手指尖夹着两张钞票，双眼一边紧紧盯住它，一边说："啊……"

信子一看有门，忙趁热打铁弯下腰，当直起身子的时候，又把一张钞票递给了他："瞧，桌子底下还有一张呢。"

警卫像中了催眠术似的，把钞票接了过去。对着这三张高额钞票，他眨了眨眼，考虑片刻，然后好像明白似的点了点头："好吧，这次就算了。下次可不能再这么干。再干，我只好叫警察来了。"

"太感谢了，你这算救了我啦。"

信子甜甜一笑，然后如释重负，浑身轻松，走出了百货大楼……

其实，信子是一家叫做"非法行为调查股份公司"的调查员，专门负责检查所雇单位职员的渎职、失职行为。这天她一离开百货大楼，就回公司填写报告单——某某百货大楼；调查时间；餐具柜台售货员缺乏对扒手的警惕性；在收音机柜台前被警卫发现，但警卫受了贿。再填上收买警卫的费用开支，然后把这份报告单交给了主任。主任一边看，一边慰劳道："辛苦了。我马上就和这家百货大楼的经理联系。他们多亏和我们公司订了合同，才能及时发现工作人员的粗心大意和舞弊行为，我想经理一定会满意的。"

"是啊,这种工作真有意义,干起来也挺有意思。"

"对,亏了你们积极工作,我们公司的信誉一天天提高了,来订合同的越来越多。最近,根据在野党的要求,我们还准备扩大到国家机关去开展业务,这样,收买、受贿这种事以后就可能越来越少。总有一天,非法行为会被消灭,我们这里也就会变成廉洁的社会了。"

"可是,到那个时候,我们公司不是也将会倒闭吗!"

"不会的。受贿行为就像传染病一样,不可能一下子全部杜绝。即使杜绝了,也不能麻痹大意。为了预防旧病复发,总得有医生啊。"

"您说得真对……话又说回来,那个警卫该开除了吧?"

信子忽然想起那个开头一本正经、冷若冰霜的男人。

"按理就应当这样做。但这一次可不同寻常。很对不起,被开除的不是他,而是你。"

"我? 怎么会是我呢? 受贿的是他呀。"信子吃惊地说。

"那个警卫是我们公司特地派去监视咱们职员的非法行为的。刚才他已经向我汇报说,他接受的是三张钞票。"

信子一听,可后悔死了,她在报告单上填写收买警卫时,竟鬼使神差,说花了四张钞票。

难道从此就要与公司永别了吗? 可惜,自己已经学会了干这行的全套本领……不,死了这条心以前,不妨再试试提出最后的请求:"您能不能宽容我这一次? 当然……"信子向放在桌上的那个皮包瞟了一眼,意味深长地说着。

"嗯,我考虑考虑……"

主任的口气是严肃的,但信子却松了一口气。因为从他的眼神深处,她看出了一丝虽然微弱,但却有充分把握的闪念……

（秋　雨　编写）

（题图:李　加）

多岐川恭，原名松尾舜吉，1920年生于日本福冈县八幡市，1954年开始写推理小说。他的作品注重情节的惊险性，但也不忽视其社会意义。在《狂笑的人》这篇小说里，作者完美地达到了这两者的统一，并在层层逻辑推理的深入展开中，淋漓尽致地凸现人物的性格特征。

狂笑的人

这天，在由大阪开往八幡的列车上，一个四十六七岁的男子正靠窗坐着，他身穿一件旧式然而整洁的西服，显得有点疲惫不堪、心神不定。

他叫刚二郎，是个处事谨慎的公务员，这次前往八幡，是要秘密地去杀一个人。

事情的起因是这样的：

五年前,刚二郎和一家公司暗中勾结,在处理修建市体育馆的建筑业务时,他装聋作哑,马马虎虎地盖了章,这样,他便捞到了一笔巨款。知道这事的除他之外还有两个人,一个是顶头上司科长,当然科长得到的钱更多,还有一个是刚二郎的助手广畑与子。与子是个三十岁的未婚女子,温顺,贤惠,平时科里的事务性工作全由她处理。

得到了这笔巨款后,刚二郎极有魄力地干了两件大事:一是办了退职手续,领到了一笔可观的退职金;二是不择手段地把与子弄到了手,因为刚二郎对这个女人不是十分放心,这样就免除了他离职后的后顾之忧。

刚二郎有一个美满幸福的家,他既要照顾好妻儿,又要安抚好与子,为此,刚二郎煞费苦心:他让与子也别上班了,还在九州鹿儿岛沿线的八幡找了一个小房子,把与子安置在那里"养"了起来。与子过去一直住单身宿舍,搬家也很容易,她走时,同事们一块儿送给她一个挂钟。

刚二郎离职后开始做一些小本生意,几年中居然赚了不少钱。他每周都要到八幡去一趟,和与子幽会,由于定期公出,妻子并没有怀疑。与子平时跟邻里从不往来,找房子用的又是假名,所以,一切都是绝对的安全。

一晃过去了五年,就在这时,发生了一件使刚二郎震惊的事:

刚二郎以前呆过的那个机关发生了一起侵吞大批公款案,原先和刚二郎联手贪污的那个科长在审查期间自杀了,刚二郎不清楚事情已调查到何种地步,科长又都招供了些什么,心里不托底,不觉惊恐万分。在这种心理之下,与子的存在更使他疑神疑鬼、杯弓蛇影,因为除了他刚二郎和畏罪自杀的科长外,她是惟一的知情人了!

刚二郎的疑惧心理与日俱增,于是他渐起杀心……

今天,刚二郎到八幡去就是为了置与子于死地,以绝后患!火车到八幡时天已经黑了,还下起了小雨。跟往常一样,刚二郎在与子的住处过了一夜。第二天凌晨,吃罢早点,与子在给他熨烫裤子,刚二郎从身后把她抱住,搂在怀里。与子一动不动,只是笑着,任他摆布。就在这时,刚二郎冷不防操起了身旁的熨斗,朝与子的头烫去……

血,几乎没有溅出,与子就像熟睡一样倒了下来。刚二郎把与子的尸体放倒在床上,把她的头放在枕头上,盖好被,就像是在安睡的样子。

刚二郎又仔细地检查了屋里的每个地方,这里没有一丝半点泄露他身世的材料,涉及与子经历的一些东西,也早就扔了;此间的邻居也没有任何人见到过他,刚二郎只要离开这间房子就平安无事了。

街上静悄悄的,人们都还熟睡着。刚二郎快步离开了与子的住所,来到车站,登上了开往大阪的火车……

从这以后,刚二郎每天便像鹰犬搜寻猎物一样注意着报纸上的动静。第三天,报上果然发了消息:死者是被一个煤气收款员意外发现的,从报道来看,这是个毫无线索的无头案。报纸上还刊登了现场的大幅照片,屋里的摆设清晰可见,而那发出清脆声音的挂钟,仍像什么事都未曾发生一样挂在墙上。

一个月过去了,有关与子被杀的消息渐渐在报上绝迹,就在日渐风平浪静的时候,刚二郎决定再到与子的住处去一次,因为他在谋杀与子时犯下了一个致命的过错,他必须神不知鬼不觉地前去弥补!

刚二郎又偷偷地乘车到了八幡,经过暗访,他断定与子住处附近已没有便衣暗中监视。街坊还告诉他:与子的住处还是原样,没有搬进新的住户。

当天夜里十点钟,刚二郎偷偷地来到与子的住处前,用原先的钥匙打开了房间,像幽灵一样地溜进了房里,而这时候,邻居都似乎已经熟睡了……

一个小时后,刚二郎上了开往大阪的列车,挑了个位子,把包裹放在行李架上,包裹是长方形的,分量很轻。

刚二郎的身旁坐了个五十岁上下的旅客,坐在对面席上的是个瘦个子,他正在看围棋书。

坐在刚二郎身旁的那个人很饶舌,他滔滔不绝地聊着,谈着八幡市的索车、钢索铁路、隧道,说着说着,竟说到了令刚二郎心惊肉跳的话题:"喂,最近八幡出了个杀人案件,您知道吗?"

刚二郎顿时连神经都绷紧了,他小心谨慎地回答着:"嗯,在报上看到的。"

那人一笑,自作聪明地说道:"说起来可真怪有趣的。首先,这不是强盗杀人,因为金钱和其他贵重东西都没有被盗;其次,犯人跟被害者是很亲近的,挑开说吧,是情夫,再追下去,却又断线了。女人的身世完全是个谜,而那男人的线索更是毫无踪迹。"

刚二郎刚才已经是睡意很浓了,因为那人说到了这事,他立时警醒了。这时,列车穿过隧道,快要开进下关车站了。

那人把脸儿凑了过来,肥胖的身躯紧挨着刚二郎。刚二郎见那人眼神里隐藏着一种职业上特有的冷酷,他怀疑这家伙过去一定干过刑事警察一类的差事,甚至有可能现在就是警察!

那人却谦虚地称自己只是对破案感兴趣,是个业余侦探,可他的分析、推理令刚二郎胆战心惊:他说死者没有除凶手之外的第二个男人,所以不是情杀;两人相亲相爱,一不为金钱,二不为争风吃醋,三不为家庭纠纷……说着,那人停了停,瞟了刚二郎一眼,说:"自从案发以后,我就把报纸上登过的有关这案子的犯罪消息全都剪贴成册,一直保存着,不断琢磨着……据我推测,犯人在过去做了见不得人的事,而那女的是他的同案人,或者是案子的知情人,他怕女的把犯罪事实泄露出去,您说对不对?"

刚二郎真想说"一点不差",可他只动了动嘴唇,没有说出口来。此刻时间已过零点,鼾声从四处传来,车厢里静静的,对面坐着的那个瘦个子已经合上了围棋书,闭上了眼睛,看样子他十分讨厌那人的喋喋不休,却又不得不听。

那人接下来说的,又刺到了刚二郎的痛处。他说那女人是五年前迁到八幡的,这就是说,这个犯人以前做的见不得人的事,有可能是五年前作的案,而最近因某个事件被抖落出来了……说到这里,那人又像刑事警察在会上分析案情那样头头是道地说了起来:"说起最近发生的各类事件,跟我的想法最吻合的,是大阪一个机关里发生的一起侵吞公款案,很多人已经逮捕,科长也自杀了,说不定八幡的那个杀人犯,就是因为这事才杀人灭口,把那女的干掉。当然,这只是我的胡乱猜想,不过,最近发生的各类案件中,只有这是个大案。您怎么看呢?"

"我没有想好。"

刚二郎此刻的心情,就像跌入了漆黑的无底深渊一样,飘悠悠地往下沉。他断定坐在身旁的那人是个便衣,甚至一路跟踪,知道自己到过与子的住处,因证据不充分,苦苦盘问,想引诱自己上钩……

那人突然又问:"您是到大阪的吧?"

"嗯,我就是回那儿去的。"刚二郎顺口刚说出这话,立刻就后悔了:为什么这个事关重大的细节竟会脱口而出? 真是莫名其妙!

那人一听,大声地笑着说:"有意思,巧极啦,终点是大阪,始发站是八幡,哎呀,您说不定就是那个犯人,瞧你的相貌,简直跟我想象中的那个罪犯一模一样!"

刚二郎用更加挖苦的语调满不在乎地笑着说:"也许这是意外的巧合吧!"

那人听了，拍了拍刚二郎的肩膀，开心地笑着说："您别介意，我不过是随便想着玩儿，从中得到一点乐趣罢了。"说到这时，那人毫无倦意，更有精神了："接着说吧，比方说这个犯人就是您，您深夜从八幡上车，这就让人起疑，如果是办完公事往回走，本可以乘坐钟点更方便的车，您在八幡乘着黑悄悄干了点什么事儿……您原本以为在杀死那女人的时候没有什么疏漏的地方，结果发现把一件暴露身份的东西给忘在现场，马上去取太危险，就一直等到今天……瞧，我说的不是越来越对上号了吗？您顺利地取回了东西，坐上了这班火车，瞧，您的包裹……那行李架上的东西便是。您终于如愿以偿，您万万没有想到，在您身边坐着一个使您讨厌的家伙，他把整个事件的前因后果全给鼓捣出来了，哈哈哈……"

那人连珠炮似的说完这一切后放声大笑，笑得前仰后合。对面坐着的那个瘦个子旅客不知什么时候也在听着，跟着笑了起来。刚二郎拼命耐着性子，他真想当着那个人的面喊出来："别说了，我就是那个犯人！都是我亲手干的！"

那人说完了，神态有点做作地对刚二郎说："实在对不起，我完全情不自禁地把您当犯人啦！"

刚二郎十分厌恶地瞪了那人一眼，到了这时，刚二郎已确信那人是一路跟踪的便衣，这家伙说这些话，不过是奚落、捉弄而已，大阪一到，那人就会掏出手铐抓自己。此刻，刚二郎只觉得一股无法抑止的愤怒从心底喷发而出，他再也无法像失败者那样忍受那人的玩弄了，他瞪着一对怒目，对那人说："直说了吧，我……"

刚二郎话音未落，那人却霍地站起身来："啊呀，到西宇部车站了吧？我该下了。光顾说话，坐过了站可就糟啦！"

列车这时正停在西宇部车站上，那人从行李架上拿下旅行皮箱，赶忙向车厢门口跑去。刚二郎下意识地跟在他后面，看着他下了车、走下站台、走到检票口。那人好像把车票忘在哪儿了,他放下皮箱,手忙脚乱地在身上找来找去。

这时,列车开动了,刚二郎站在车厢门口,看着那人慌乱地找票,完全没有了刚才丝丝入扣地分析案情时的那份得意,看着他,刚二郎笑了,这笑声是发自内心的,是无法控制的,在刚二郎看来,那人是世界上最可笑的人!

刚二郎用手帕堵住了嘴,想把笑声硬憋回去,可是越往下压反倒使笑声更加猛烈地喷吐而出。他以为回到座位上或许会停住笑,谁知坐到位子上后还是忍不住,笑声像山洪一样爆发出来……

对面座位上那位瘦个子惊讶地望着刚二郎,冷冰冰地说:"有什么事儿使你这么发笑呀?你大概把那人当刑事警察了吧?你是为这个才笑的吧?其实刑警不是他而是我,我虽然不是审理这个案件的八幡警察署的刑警,可是我一直在留心这个案件。我要检查一下你的包裹!"

刚二郎呆若木鸡。那个刑警当即从行李架上取下了刚二郎的包裹,从包裹里取出来的是一个挂钟。刑警翻过来一看,背面有用黑漆写的字:赠广畑与子君,大阪市机关建筑科员全体。旁边还标明了日期。

那个刑警变了脸色,说:"太让人吃惊了,那个多嘴多舌的男人说的全应验了,搜查科的同事谁都没有想到从挂钟的背面找线索。"他走到刚二郎面前,苦笑着说:"你也是个不走运的人。本来大阪的那起侵吞公款案已经搞定了,那个科长在遗书上把全部罪责都揽到自己身上了。你如果不是坐在这个位子上,没有碰上刚才这个饶舌的家伙,没有在他下车后发出狂笑,我一定会把你放过的……忘了告诉你,我是因私事从福冈赶回大阪的。"

刚二郎神情颓丧地闭上了眼睛,身子一动不动……

(林伟群　编写)

(题图:杨宏富)

厄·赛斐丁(1884—1920),土耳其作家。著有小说一百多篇,代表作有《叛教者》、《艾弗罗斯先生》、《自由之夜》、《神圣的号召》等。

《大理石工作台》根据赛斐丁同名小说改编。作者用轻松诙谐的笔调,为读者讲述了一个生活中的哲理,讽刺了教条主义的卫道者。差不多九十年后,我们重读此作,依然能感受到其中的艺术魅力。

大理石工作台

查比在君士坦丁堡生活了五十多年,他有个爱好,就是喜欢研究"生活和工作的各种方式",他最看不惯的,就是那些不按照规律生活和工作的人。

有一天,查比到外地去,偶尔路过一家木匠铺,有一个奇怪的现象令他站在原地久久没有挪步。

此刻，木匠铺里有个四十多岁的大汉，蓄着黑黑的小胡子，正在卖力地挥斧干活。而令人不可思议的是，木匠的工作台是用精美的白色大理石制成的！

查比揉揉眼睛，确信自己没看花眼，心里不由咕哝起来：怪事，我活了大半辈子，看到的木匠工作台都是用木头做的。这小子难道是天外来客？要知道凡事必有一定之规，谁违反了谁就会倒霉的！查比再也按捺不住，一抬脚就走进了这家木匠铺，他要好好劝劝这个违反生活方式的人。

木匠见有人进铺，以为来了生意，赶紧放下手中的斧子，热情而又骄傲地说："先生，有什么事要我效劳吗？我可是世界上最好的木匠！"

查比用手指指那大理石工作台，问："这东西是怎么到你这儿来的？"

木匠一拍胸脯，得意地夸道："这是我特意做的，怎么样，我的手艺没人能比吧。"

查比禁不住摇起了头，连声埋怨道："糊涂，糊涂，老弟，你一定是疯了。"

"你、你……这话什么意思？"洋洋自得的木匠被这番话弄得一头雾水，瞪着双眼直直地盯住了查比。

查比见对方不开窍，脸色变得严厉了："你说，一个精神正常的人会拿斧子在大理石上砍吗？稍一失手，大理石碎了，斧子也坏了，这可是违反常理的啊。"

"噢——"木匠到这时才弄明白是怎么回事，脸上又露出了自负的神色，"先生，我做了二十多年木匠，在这个工作台上也干了十五年，从来没有失手过。"

"一次也没有？"

"当然喽，不信你自己看吧。"

查比走到大理石工作台前，他从口袋里掏出眼镜戴上，然后仔仔细细地看了半天……确实，光滑的大理石表面找不到一丝裂纹。查比心里不甘认输，他总觉得这种工作方式是违反规律的，又一次摇起了头："见鬼，正常人是不会这样干的。"

"你说什么？"木匠不高兴了，"我相信自己的能力，才做了这张大理石工作台。再说，我的斧子想砍哪里就砍哪里，你管得着吗？你这个多嘴的家伙，给我滚，滚！"

查比气得脸都白了，抬头瞧瞧面前这个五大三粗的大汉，自知再待下去没好果子吃，只得转身快快地离开木匠铺。走出好远，他忍不住回过头大声说道："你当心点，明天你准会失手，一斧子劈碎大理石工作台！"

查比是个倔脾气的人，他从不肯轻易放弃自己的观点，为了证明自己没错，他走遍了附近的店铺，把那个木匠的情况打听得一清二楚。

原来，那个木匠叫阿里，住在瓦连街7号，不久前刚刚娶了个老婆。论木匠手艺，阿里在当地确实赫赫有名，只要一提起"阿里"，所有的人都会伸大拇指夸他："他一辈子没有敲歪过一根钉子。""斧子到他手里，就跟长了眼睛似的，保证万无一失。""像阿里这样在大理石工作台上做工的木匠，恐怕在欧洲找不到第二个……"

人们越是这样称赞阿里，查比心里越是不服气，根据他的研究心得，任何事都不会是无懈可击的，手艺高超的阿里也应是如此，只要让那家伙分一分心，一斧子下去就会有好戏看了。查比决定要教训一下这个不知天高地厚的家伙。

很快，查比到对面的肉店买了一只烤好的小羊，然后雇一个搬运工拿着，一路打听，找到了阿里的家。敲了几下门，里面就传来一个女人的声音："谁呀？"

"请问，这是阿里木匠的家吗？"

"是呀,有什么事啊?"

"阿里买了一只小羊,求我替他送回家。"

很快,门打开一条缝,伸出两只白嫩的手,把羊接了,"砰"的一声,门关上了。

查比搓搓手,脸上露出得意的笑容:"嘿嘿,明天有好戏看了。"查比连家也不回了,就在当地找了家旅馆住下,他要亲眼欣赏一下那个违反生活规律的木匠是怎样出丑的。

晚上,阿里木匠收工了,回到家坐下吃饭,他一抬头,不由惊喜地叫出声来:"太好了,亲爱的,你从哪里弄来这只羊?"

阿里老婆听丈夫问这话,觉得好生奇怪:"你真是糊涂了,这不是你让人送来的吗?"

阿里摸摸后脑勺,不解地说:"我、我什么时候让人送一只羊来?你想开荤,也不该用这种话来作为理由呀。"

阿里的老婆生性暴躁,见丈夫这样说,一下子跳了起来,双手叉腰,涨红着脸嚷道:"白天让人送羊来,晚上就说忘了,你是不是故意找碴子要和我吵架?"

阿里还在坚持:"我真的没让人送羊,我不会那样没记性。"

"那、那难道是我偷来的?白天确实有人敲门,问'这是阿里木匠的家吗'……"

"送羊的男人长得什么模样?"

"你以为我会去看陌生男人吗?我连瞅都没瞅他一眼……"

就这样,阿里夫妻俩为了这只烤羊吵得不亦乐乎。这天晚上,阿里没吃晚饭,他心里充满了疑团,是谁这样莫名其妙地送一只羊上门呢?他会不会是想破坏我们的家庭?会不会在烤羊里下了毒……

当晚,阿里没喝咖啡,也没抽烟,他有生以来第一次夜不成寐,睁着眼睛躺到天亮。

第二天早晨,阿里连礼拜都没做就来到了木匠铺,他打开百叶窗,由于神情恍惚,竟没看见站在附近的查比。

不一会,阿里拿起昨天没做完的木框,把它放在大理石工作台上。此时,阿里脑子里像装了一盆糨糊,他怎么也排遣不掉那只不祥的烤羊:老天爷,到底是谁送来的?

阿里慢慢举起沉重的斧子,照准那只木框,用力劈了下去。凭感觉,阿里觉得事情有些不妙,可是已经来不及了,只听"叭"的一声响,工作了15年的大理石工作台被劈掉了一大块,阿里顿时傻了眼。

"嘿嘿,能工巧匠,出了什么事啊?"查比不失时机地出现在阿里面前,脸上带着胜利者的微笑。

阿里羞得无地自容,呆呆地站在那里,一句话也说不出来。

查比见状,反倒生出一丝恻隐之心,算了吧,别让他再胡思乱想了。于是查比就说:"木匠,那羊是我送的。"

阿里又气又急地问道:"你、你想干什么?"

"我嘛,只是想说明一个道理。"一说到自己的爱好,查比按捺不住兴奋,滔滔不绝地讲了起来,"谁都不能违反生活规律!木匠的工作台就应该是木头做的,赶快换一个吧。"

一个钟头后,查比得意洋洋地登上了返回君士坦丁堡的轮船。他心里感到特别舒畅,因为他既教训了一个自命不凡的木匠,又证明了自己的理论永远是正确的!

(张镜波　编写)

(题图:箭　中)

海老泽泰久,日本当代小说家。有多篇小说和其他文体的作品行世,在日本文学界有较大的影响。本文根据他的同名小说改编,作品反映了当前日本中产阶级社会较为普通的爱情观念,情节生动、诙谐、有趣,可资广大读者阅读与学习。

十枝红玫瑰

这是一个冬天的下午,阳光灿烂。尾崎弘匆匆走出地铁站,在一家花店买了十枝最昂贵的红玫瑰,然后拨通了百合子小姐的手机,说他现在就站在地铁站门口。手机里立即传来百合子银铃般的声音,百合子告诉他,过一会儿,她就赶到车站来接他。

尾崎弘听了,心里顿时涌起了一种暖乎乎的感觉。

尾崎弘和百合子是在一家酒吧里认识的。一个月前的一个晚上,身为大学讲师的尾崎弘到酒吧里喝酒,就正巧坐在百合子服务的桌上,百合子面容清秀,三围合度,是一个性感女郎,一下子就把尾崎弘的魂给钩住了。虽然尾崎弘已经结婚生子,婚前有过不少风流韵事,可婚后他却一改前非,再也没有闹过什么绯闻,但是这一次却不知什么缘故,百合子让他一见钟情,心里有一种莫可名状的冲动。所以,那天晚上临走时,他特地把自己的名片递了过去,向百合子嫣然一笑,眼神里透出十二分的好感。

此后,尾崎弘有事没事就光顾这家酒吧,而且每次必到百合子服务的桌子。有道是,功夫不负有情人。也就是前天,百合子终于把自己的手机号码告诉了尾崎弘,还对他说,只要是下午,她都不上班,而且独自一人呆在家中。

这天下午,尾崎弘草草地讲完课,犹豫了好几分钟,决定给百合子一个信号,到她的家里约会。

百合子的住处离此不远,不到十分钟她就来到车站。只见她穿一件呢料短大衣,配上条牛仔裤,亭亭玉立,浑身散发着青春的魅力。尾崎弘迎上前去,双手献上鲜花。百合子接过花束,把脸贴到花朵上,连声说:"太香了,太香了。"显得格外的高兴。

接着,百合子走在前面带路,尾崎弘紧随其后。一会儿他们便来到一座公寓三楼的一个门口,百合子略带歉意地对尾崎弘说:"我的住所十分狭小,您不会介意吧?"

尾崎弘忙说:"哪里,哪里。"

话虽然这么说,可尾崎弘进了房间,对房间里过于简单的陈设还是感到意外:一个双人床和一个梳妆台几乎占满了整个空间,此外还有一个圆桌,可连一把椅子也没有。他再回头看看百合子,暗暗惊叹道:真是应了古人的一句话,鸡窝里飞出金凤凰啊!

屋里的空调开着,整个房间显得很温暖。百合子先是熟练地脱掉大衣,搁在床上,回身又帮尾崎弘脱去大衣和外套,轻轻地摊在圆桌子上,又到厨房里拿来一个装满清水的玻璃瓶,把玫瑰花插到里边，摆在梳妆台上。

百合子忙完这些，轻声问道："喝点什么，咖啡还是红茶？"

尾崎弘略微想了一下，就说："来点咖啡吧。"

趁百合子到厨房煮咖啡的工夫，尾崎弘点燃了一支香烟，悠闲地打量着这个房间。窗帘拉得严严实实，房间里光线暗淡，但他还是看到了梳妆台上镜框里那张放大的男子的照片。他凑近去看，发现那男子年龄与百合子相仿，二十岁出头，背着行囊，手里拿着滑雪杖，正朝着他微笑。

尾崎弘的心里稍微感到有些不安。

就在他胡思乱想的当儿，百合子小姐端来两杯咖啡，递给尾崎弘一杯，自己端着另一杯，两人并排坐在床沿上。

尾崎弘呷了一口咖啡，下巴朝梳妆台翘了翘："他是谁？"

"我的男友。"

"在哪儿高就？"

"他不在国内，在巴黎上大学。"

"经常回来？"

"不。一个月前来过一封信，说是圣诞节回来。我想圣诞节他是不可能回来的。"

"为什么？"

"因为他在信中说，这个学期的学费还没交，让我给他想办法。你想他哪有回来的路费？"

"哦，原来如此。"

尾崎弘放心地喝光了杯中的咖啡。百合子把两只空杯子放到圆桌上，依偎在尾崎弘的怀里，说："玫瑰花真漂亮。"

尾崎弘抚摸着她的头发，深情地说："是的，和你一样。"

"你今天到这里来，我很高兴。"

"我也非常高兴。"尾崎弘一边说着话，一边就把手滑向她的腰际。

"你不冲个澡吗?"百合子说罢,立起身给他一条浴巾。

"哈,你不说我倒忘了。"

尾崎弘拿着浴巾,穿着内衣,走进卫生间,拧开水龙头,热水哗哗地冲击着身体,很舒服,他自得地哼起了小曲。

淋浴完毕,他擦干身上的水珠,把浴巾缠在腰间,伸手拉门。啊,门什么时候从外边插上了?他敲门,没人答应,他一声一声地喊百合子,也没有动静。一种不祥的感觉袭上他的心头,他稳了稳神,连踢带拉,总算弄开了卫生间的门。房间里的景象让他目瞪口呆:百合子消失得无影无踪,床上铺的、梳妆台上摆的一扫而光;圆桌上他的衣服不翼而飞,只剩下那十枝玫瑰花放在原处未动,讽刺似的望着他。

他瘫坐在床上,手足无措,且不说上衣口袋里的手机、金表和几十万元现金,只是穿着内衣怎么走出这个房间,怎么回家……

(野　草　编译)

(题图:李　加)

弗·纳博科夫（1899—1977），美籍俄罗斯作家。代表作有长篇小说《洛莉塔》，短篇小说《乔尔巴归来》、《云彩、湖泊、钟楼》等。作家曾在1972年被推荐为诺贝尔文学奖候选人，其作品主要揭示精神无依者的垮颓，他们的失落、压抑和崩溃感。

《魔鬼的"十三"》根据弗·纳博科夫同名小说改编，作家的创作风格在此可窥一斑。

魔鬼的「十三」

埃尔温生性胆怯，尤其在追求爱情方面，缺少那种敢爱敢恨的勇气，明明有了意中人，却不敢当面表白，以致人到中年仍然孤身一人。可是，越孤身一人，他就越有一种追求爱的强烈欲望。有一次，他好不容易鼓足勇气，走近自己看中的一个女孩，却被人家误解，骂他是流氓。从此，他再也不敢主动接近女人了,只好在心里把相中的女人纳入自己的妻妾行列。这样,他就养成了一大癖病,工作之外,总是喜欢用目光猎艳,做着娶妻纳妾的白日梦。

五月的一个周末,埃尔温坐在露天咖啡馆里,边喝着咖啡,边拿眼睛搜索来往行人里自己中意的女子。这时,一位高大的中年妇女在他的对面坐了下来。埃尔温见她是个年纪不轻的妇女,也没在意,就继续搜索行人中的女性。

"这个女人不错!"埃尔温终于捕捉到了一个猎物。没过一会儿,他又选中了一个:"那个女的也合我意。"他就这样边喝咖啡边选美,眼巴巴地让中意的女子从他眼前走过去,心中充满了快意,又增添着遗憾。

正当他为失去意中人而遗憾的时候,坐在他对面的那个中年女人突然对他说:"我可以为你效劳。"埃尔温吓了一跳,心想:这个女人怎么会看透我的心思?

只见这女人莞尔一笑,说:"不必大惊小怪,因为我是魔鬼。"她看到埃尔温惊恐不解的样子,继续说道,"你可能认为魔鬼一定是那种面目狰狞的样子,其实,我可以以多种面目出现,我每两百年就转世一次。现在我是奥托夫人,专门帮那些胆小的人实现他的心愿。"埃尔温一听这话,慌得浑身直打哆嗦。奥托夫人说:"别慌,我会帮你实现得到情人的心愿的。也许你还不相信我的魔力,好吧,你看那边有位戴眼镜的先生,正横穿马路,我要叫电车撞他个跟头。"结果,那男人真的被电车撞了一跤。

奥托夫人得意地说:"你相信了吧!今天是我在世的最后第二夜,你是我最后一个要帮助的人。明天从正午到子夜,你物色好你喜欢的女人,子夜十二点整,我把她们召集到一起,由你全权支配,怎么样?"埃尔温立刻激动地表示:"如果真能如此,我将感激不尽!"奥托夫人说:"不过,我有一个条件。"埃尔温想起了魔鬼要满足一个人的愿望,会要这个人的灵魂作为交换条件的传说,吓得脸色都青了。奥托夫人又看透了他的心思,说道:"我不会要你的灵魂,只是,你选的女性总数应是单数,否则,我无法为你作出安排。"埃尔温问道:"我看中了,对方会有什么表示吗?再说,在哪里集中呢?我的房子太小!"奥托夫人说:"你看中的人,她会突然一笑,或人堆里有谁说一句话,使你从中领悟。房子嘛,我会给你安排好的。现在,你先回家睡个好觉吧!"

第二天是星期日,街上的游人很多,埃尔温正十二点出门,开始了魔鬼奥托夫人给他谋划的猎艳行动。

他先来到公园,一位白衣女孩吸引了他的目光。那白衣女孩正在和一条狗嬉耍,埃尔温被女孩的天真活泼打动了,心里说:她算第一个吧!这时,那奔跑的少女正好回头向小狗一笑。埃尔温心里一乐:第一个。

他走出了公园,在电车站的站牌下,又发现了两个年轻的女人,像是姐妹俩,颇有姿色。其中一个说:"我们乘这一路吧!"埃尔温心里立即请求:把这姐妹俩都给我吧?"好吧!"另一个回答。

三个!埃尔温喜滋滋地想:恰好是个单数,现在要是子夜该多好哇!但是,现在离子夜尚早,于是,埃尔温走下人行道,穿过广场,哪里美女多,就往哪里走。

不一会儿,他又发现一位没有戴帽子的女人,两只大眼睛勾人魂魄,胸前别着一朵红玫瑰。这个真好!埃尔温这样想着,一抬头,见前面的香烟广告牌上有三个大字:好极了!三个大字下面,还有一行小字:请抽玫瑰牌香烟。他顿觉这两行字像刚喝下的清凉饮料,舒服极了。

后来,他走累了,就走进一家酒馆,正好电话机旁有个座位,他便在那里坐下,随后就观察起酒馆里的人来。有个男人正在打电话,有位姑娘正忙着把啤酒放进托盘。埃尔温溜了一眼姑娘裸露的膀子和白净的脸,还算满意:行,这个我也要。"好的,好的,好的。"那个打电话的男子冲着话筒直喊。

从酒馆出来,埃尔温乐得一蹦老高,他屈指一算,正好五个,又是个单数。他对自己说:到此为止吧! 可他上了电车,还是被前面一位戴黑色丝绒帽的女人吸引住了。正当他紧紧地盯着那个女人的后背时,谁知那女人冷不丁地转过头来。啊! 埃尔温大吃一惊,原来这女人是奥托夫人。

"你好,"奥托夫人温和地向他点点头,"坐到我这儿来。你的事情进行得如何?""一共找到五个。"埃尔温羞涩地回答。"太好了,是单数。我劝你到此歇手,等到夜里十二点,你到霍夫曼大街去。到了那里,你去找十三号楼,那是个带花园的小别墅,你选中的女人,都在那里等着你。""谢谢您,谢谢您!"埃尔温感动得都快哭了。"可是,"奥托夫人又说,"亲爱的埃尔温,你差点也把我收做了你的情人,你可承认?"埃尔温一听,吓坏了。奥托夫人笑了笑,说:"不用害怕,我只是开个玩笑,现在你该回家了。五个,恰恰是单数,最好到此为止,我们半夜见。"

埃尔温听从奥托夫人的劝告,一路目不斜视。回到家里,他满意地躺在床上睡了一觉,醒来时已是傍晚。他看看时间还早,就躺在床上,脑子里一一回忆起白天选美的经过:第一个是带狗的姑娘,现在想来姿色有些平常,只怪自己一开始心太急。之后是电车站上的姐妹俩,跟她俩在一起,一定非常快乐。再后来是第四个,胸前别枝玫瑰花,是这几个女人中长得最美的一个。最后一个是酒店女郎,姿色虽说差一点,可太性感了,一看她那样儿,就让人心动。可惜呀,总共才五个,这样一个天赐良机,总共才玩五个女人,真是太少了。俗话说:机不可失,时不再来;过了这个村就没这个店了。埃尔温完全忘了奥托夫人的劝告,又急急忙忙来到街上,开始寻找中意的女人。

到晚上九点的时候,他又物色了两个女人,一个是外国女郎,另一个好像是妓女。接着,他又在游乐场一下子相中了表演自行车杂技的四个健美女子。这时,正好是晚上十一点。他想十一点钟,十一个女人,到此坚决刹车吧!

于是,埃尔温向霍夫曼大街走去。离约定时间还有一个小时,埃尔温慢慢地走着,边走边想像着就要享受的快乐……

忽然,一阵银铃般的笑声打破了埃尔温的想像。顺着笑声望去,埃尔温看到一个十四岁左右的少女正和一个大家都熟知的老诗人在谈着什么,小姑娘的樱桃小嘴分外红艳。埃尔温想:能吻一下她的香唇也不枉此一生呀!这时,他听到老诗人对少女说:"当然好,当然好!"他一阵得意,又相中了一个。但是,他猛地醒悟:这是第十二个,十二是双数呀!埃尔温一看表,快十二点了。他急了:十二点之前,无论如何也得再找一个!

埃尔温很懊恼,怕凑不足十三这个单数。但他又有些高兴,最后一次选美,或许找到的是最绝色的!

老天有眼,没多会儿,埃尔温就发现前面走着一个女人,光是背影,就让他着迷,这个女人有一种别的女人都没有的神韵!一股强烈的冲动驱使埃尔温追赶上去,他想看一看美女的秀脸。可是当他走到美女的面前时,胆怯的老毛病突然又犯了,他紧紧地低着头不敢抬眼,于是只好放慢脚步,让那美女走过去。

放弃追逐吧,埃尔温实在舍不得;跟下去吧,埃尔温又没这个胆量去面对她。路,一段明一段暗,于是美女的影子也就一会儿消失在街灯的光晕里,一会儿在墙上移动,一会儿在台阶上扭曲,一会儿又在十字路口隐现。仿佛树木也加入了追逐的行列,从埃尔温的两侧、从他的头上"飒飒"地掠过。为了追赶前面的美女,埃尔温走得连时间都忘了,当他意识到这是不可再得的天赐良缘时,他不由再次加快了脚步。终于,埃尔温又一次赶上了美女,只消再跨前一步,他就能和美女并肩交谈了。就在这最关键的时刻,美女在一扇铁门前停了下来,伸手拉响了门铃,埃尔温一时收不住脚,几乎和蓦然回首的女郎撞了个面对面。借着街灯,埃尔温愣住了:这不就是白天在公园里与狗嬉耍的那个白衣女孩吗?这是我的第一个意中情人啊!

只听女孩骂道:"流氓,滚开!"说着,女孩从铁门里进去了。

埃尔温后悔死了,他在门外痴痴地站了好一会儿,只好快快地离开。没走几步,前面有两道光柱射来,埃尔温发现,人行道旁停着一辆敞篷汽车。

埃尔温走上前去,问道:"请问,这是什么街?我迷路了。""霍夫曼大街。"司机回答。与此同时,车中传来埃尔温熟悉的声音:"你好!是我。"原来是魔鬼奥托夫人。"你好!我得了个双数。"埃尔温沮丧地低下了头。"我知道,我什么都知道。"魔鬼奥托夫人淡淡地说道,"第十三个原来就是第一个,这真是不可救药的事情,我也很遗憾。亲爱的埃尔温先生,我本来想在离开这个世界的最后一天,帮助一下你这个可怜的人,可事不尽如人意,我也没办法了。黎明前我就要出发,再见!"

埃尔温抬起手腕看了看表,此刻正是子夜十二点整。

(孙洪鹏　编写)

(题图:李　加)

巴哈都·特加尼,亚洲血统的乌克兰人,1942 年生,获英国剑桥文学硕士和内罗比大学哲学博士学位。曾在几个国家的大学任教,还做过数家广播公司的播音员。他的作品包括短篇小说、诗歌、一部长篇小说和几个剧本。

阿比伯是非洲大陆最伟大的作家,他先后出版了几十部长篇小说和中短篇小说集,多次获得本国和非洲其他国家的文学大奖。可他并不满足,进入暮年的他想留下一部传世之作,以此来震动世界文坛。

一个创作计划逐渐在阿比伯的脑海里形成:他要亲身体验一回临死时的感受,比如一个即将被处以绞刑的人的感受。他决定想办法混进死囚犯的行列,了解他们的感受,然后把这部传世之作写出来。于是,他先把妻子送回娘家,接着给他的老朋友——共和国总统写了一封信,并在信封背面写上这样一句话:"请别拆开它,除非我通知你这么做。"

总统时常收到这位全国文化名人寄给他的大作,因而接信后虽然略微感到有点惊讶,可并没当一回事,只把它当成作家的又一篇大作罢了。他遵照作家的意思没有马上拆信,小心翼翼地把它放进标着"私人文件"字样的抽屉后,又忙别的事去了。

阿比伯太太已经离家十天了,她的不寻常失踪惹得左邻右舍议论纷纷。阿比伯还向佣人放出风说:女人,特别是他的妻子,是无用的东西,应该被除掉。他知道这些暗示会使人产生联想:谋杀! 果然,阿比伯家中的可疑动静引起了别人的怀疑:对,这个人肯定谋杀了他的太太! 当地警察局当机立断,逮捕了阿比伯,并派人搜查了他的家。

他们找到了阿比伯太太沾有血迹的衣服和一些小饰物,就埋在房子拐角处。第二天全国沸腾了:"著名作家阿比伯被控谋害妻子,房子附近发现血衣!"人们议论纷纷,全国舆论哗然。

阿比伯被关进了警察局狭小的禁闭室里,心情却十分轻松,他喜滋滋地暗想着自己的计划正进展得十分顺利,一想到自己正在体验犯人的生活,就要创作出一部惊人之作,他好激动、好兴奋啊! 每当看见看守向他投来的严厉而又疑惑的目光,他就暗自好笑:"你们这群笨蛋,我是无辜的。"反正,当全国的公民们在为他的命运捏着一把汗时,他却安详地坐在牢房里,一遍又一遍地背诵紧急时刻将写给总统的便条:"亲爱的总统,在这生死关头,请打开我上次寄给您的那封信……"阿比伯静心等待宣判日期的到来。

宣判的日子终于到了,那天,通往法院的公路两旁都站满了人,法庭里拥挤不堪。阿比伯又一次觉得好笑,他已经想好要在法庭上对谋杀罪供认不讳,因为"法庭认罪"将是未来的传世之作中极为精彩的一场好戏,他今天就先要将这出戏演好。他确实演得不错,因为最后法庭判决他有罪,处以死刑,行刑日期定在第二天。

计划正在按阿比伯的设想顺利进行,此刻,他感到距自己为之奋斗的目标不远了:体验死囚的最终感受。他重新回到了牢房,又躺到了那张硬邦邦的床上,这时他想起了整个计划的最后一部分:明天早上九点,狱警将要来提他就刑。

阿比伯想:"是现在写信给总统还是等到明天早上写?"考虑了一阵后,他决定今晚就写。他拿来纸和笔后,一刻不停地写那封早就想好了的致共和国总统的信,请求总统立即打开他几个月前寄出的那封信。他还请卫兵把监狱长找来,递上了一封信封上写着"急件"和"致敬爱的共和国总统"字样的信。"这是关系到生死的大事情,"阿比伯告诉监狱长,"我希望这封信能立即面呈总统。"

"什么?"监狱长有些不悦地说,"这种情况我还从没碰到过,送出去以前我得先看一看。"

这一招是作家没有料到的,他生气了,傲慢地说:"你没有必要再看了,我那信上只有一句话,就是请总统立即做一件事。"

监狱长回到办公室后十分不悦:人都要死了,你还能有什么要紧事呢?他随手把信放进了抽屉。

那天夜里,阿比伯彻夜难眠,他在为刚才把信交上去时监狱长的冷漠感到不寒而栗:我的计划有什么疏漏吗?万一总统接信晚了呢?不,不,这不可能!阿比伯有一千个理由相信自己的计划是万无一失的。总而言之,这个晚上对作家来说是难熬的,他真正紧张了一夜。

第二天早晨,牢房门的开锁声使阿比伯一跃而起,他一下子想起了在给总统的第一封信中,他请总统不到最后关头不要来干预:"等我上了绞刑架再来救我。"

清晨,天气非常暖和,两名卫兵默默地押着阿比伯走向死囚被处决的地方。刚一跨进行刑大院,作家突然两腿一软,虚弱得跟个孩子似的。两名卫兵似乎对这种情况已经见怪不怪了,他们迅速把左右手插到阿比伯的腋下,轻轻夹着他朝刽子手站着的地方走去。

刽子手的身旁站着一位他不认识的副监狱长,大院里别无他人。此刻,阿比伯一夜未眠的大脑突然一片空白,当感到有人在捆他的手时,他才猛地回过神来。

阿比伯用异乎寻常的平静语气说:"等一下。"

所有的人都瞠目结舌,被他的一脸镇静惊住了。

阿比伯振振有词地说:"肯定搞错了,这儿应该有位总统的信使。"

两名卫兵一齐向副监狱长看去,可副监狱长的脸上毫无表情,于是刽子手走上前来,打算把一块厚厚的黑布蒙到即将被处死的犯人脸上,可没有成功,极度恐慌的阿比伯拼命挣扎,想挣脱被夹着的双手,嘴里还大喊大叫:"等一下,等一下,搞错了!"

可卫兵们对处置这种情况早已是行家里手了,在他们眼里阿比伯已经是一具尸体了,他们麻利地捆上他的双手,刽子手也蒙上了他的眼睛。作家有一会儿失去了知觉,尽管就那么一瞬间,可醒来时好像已过了很久很久。他双手被反捆,眼睛被蒙着,正被带向一个黑黢黢的未知世界,实际上他是被带上了绞刑架,现在他真的是像一头待宰的羔羊一样无能为力。

刽子手终于掀掉了阿比伯脚下的踏脚板,这时,时钟正好指向九点。随着沉重的躯体落入黑洞,洞中传来了阿比伯一声沙哑的尖叫:"等一等,请等一等!"

几个月后,总统打开了标有"私人文件"字样的抽屉,首先映入眼帘的就是那个封着口的厚信封,他没忘寄信人是谁,马上将它拆开,却被里面的内容惊呆了:信里是作家对他这次荒唐"谋杀案"的详细说明!

"我的天!"总统吃惊地叫出了声,浑身抖个不停,"可不能让人知道。"于是,总统把信付之一炬……

(霍革军 编译)

(题图:箭 中)

比德·戈德弗雷,南非作家。四十年代未至五十年代初,主要撰写一些政治性的文章,尔后从事悬念小说的创作。

比德·戈德弗雷的悬念小说,常在时间的前后顺序上匠心独具地谋划一些出人意料的情节。如在此篇中,故事一开始,凶手是谁似乎早已明了,但情节的发展却曲径通幽、峰回路转。

地毯上的裁纸刀

费历斯是一个记者,这一次他随同一个旅行团到罗马尼亚旅行,后来又应约到海边一个朋友那里度假,这一去竟在外边待了八个月,现在总算回来了。他走进那套小小的公寓房间,这才感觉到屋里太糟了,地板和家具上积了一层灰蒙蒙的尘土,从投信口投进来的信乱七八糟地堆放在门口的地板上,这一切,在他眼里都显得如此的陌生。

费历斯开始收拾起那堆信来,在这些信中,大多是一些各式各样的通知,他把最早的一封信拿起来,发现这信是从布赖顿寄出的,信封上的邮戳日期正是他出发去旅游的时候;从信封上的字迹看,他辨不出是谁写来的。他拆开了信封,朝信笺的落款处瞟了一眼,"吕蓓卡"。不错,是原来住在63号的那个小姑娘,也算是个邻居了,去年她姐姐出嫁,她就随同姐姐去了布赖顿。

吕蓓卡在信上说:她姐姐嫁给了宾斯先生,他们一家三人住在一所大宅子里。最近,她碰到了一件十分棘手的事,她不能跟别的人说,甚至不能跟姐姐商量,她只能和费历斯一个人说。她真希望费历斯不久能到布赖顿来办事,这样就可以和他商量了。信的最后还十分潦草地写了一行字:"我最近参加了击剑俱乐部,希望你尽量来一次……"

费历斯读完信后想:吕蓓卡这小姑娘说的"一件十分棘手的事"到底是什么呢?这封信使费历斯感到十分不安,他拿着这信去找邻居范纳太太,范纳太太说出了一个惊人的消息:就在费历斯走后的大约三个星期,吕蓓卡杀害了她的姐夫。费历斯听后十分震惊,第二天,他就坐车赶到了布赖顿的警察局。

一个中年警长接待了费历斯,他十分肯定地说:"这个案子我记得很清楚,这小姑娘虽然很不幸,但判决是对的,绝无问题。"

警长接着说了事发的经过:

那天,吕蓓卡的姐姐身体欠安,躺在床上没起来,宾斯先生没去上班,在家里陪他的太太。大约在下午两点半光景,宾斯在楼下叫吕蓓卡,要她到书房去帮他一会儿忙。吕蓓卡好像不太愿意,但最后还是去了。不一会儿,吕蓓卡的姐姐听到楼下有吵闹的声音,紧接着便看到吕蓓卡跑上了楼,奔到阳台上大声哭泣。姐姐感到情况不妙,便下了床,走到阳台上,看到吕蓓卡已完全处于歇斯底里的状态,她一边抽泣一边说:"我……我把姐夫杀了……"姐姐一听大惊失色,差点昏倒,好一阵子才稍稍平静了一些。她拿起电话,拨通了贝蒂医生的家,贝蒂就住在附近,是个邻居。不多一会儿,贝蒂就来了,她在书房里看到宾斯躺在地上,鲜血淋漓。经检查,他是因为左肺被刺穿了才一命呜呼的。贝蒂见现场十分血腥,怕吕蓓卡的姐姐受不住,就让她回到房间去。等她走后,贝蒂就向警察局报了警,十多分钟后,警察就赶到了……

费历斯十分平静地对警长说:"请你说下去。"

警长说:"所有的医学证明都认定致死的原因是左肺被刺伤,凶器是一把裁纸刀,在门附近的地毯上,刀把上有那个小姑娘的指纹。小姑娘后来说,她是用击剑时钝头剑刺击的姿势刺宾斯的,这和刀把上指纹的位置完全吻合……喔,我忘了告诉你,这小姑娘正在学击剑。"关于学剑,这在吕蓓卡给费历斯的信上是提到的,但费历斯还是连连摇头:"我了解这小姑娘,她不是这样的。"

警长踌躇了一会儿,说:"关于杀人动机,据说是吕蓓卡不愿帮助她姐夫做事。除了刚才说的,后来我还听到了一些情况,提供这些情况的是宾斯的前妻,她说,在旁人眼里,宾斯是一个道貌岸然的君子,只有他的妻子才知道,他其实是个卑鄙小人……不过,我知道这些时,审判已经结束了……"

接着,警长便说了一些宾斯的情况。在费历斯的请求下,警长把他带到了一家旅馆,宾斯的前妻琼·宾斯就住在这里。

琼·宾斯太太把费历斯和警长带进了一个休息室,费历斯坐下后,十分诚恳地说:"我听人说,宾斯先生是个精力充沛、循规蹈矩的人,事业上也很成功,可是对他的另一面我却一无所知,而这只有你知道,请你无论如何告诉我,这对我很重要。"

"你为什么一定要知道这一些呢?"

费历斯的神色显得有点庄重:"这关系到一个人的生命。"

在费历斯的一再请求下，琼·宾斯太太便开始说了起来，她说，她和宾斯并不是那种恩恩爱爱、缠绵有加的夫妻，但还过得下去。宾斯太太善于交际，朋友很多，因为她内心很爱宾斯，所以在两人结婚后的头几个月里，她常把自己每天所做的一切都告诉他，包括她的一些私人交往，甚至连一些只有她和朋友两个人知道的事也都说了。开始倒也没什么，慢慢的，她发现有点不对劲：原先和她很要好的一些朋友全渐渐疏远了她。一天，她去找了一个十分要好的朋友，这才明白了事情的真相。原来，宾斯利用从太太那里听来的一些私生活方面的事要挟太太的那些朋友。比如，宾斯太太的一个女友喜欢上了她的姐夫，宾斯得知这一"情报"后，竟然以此要挟，从这个女人那里索要了一大笔钱。宾斯太太知道了这一切后忍无可忍，便和宾斯离婚了。

琼·宾斯说到这里，顿了顿，用低低的声音说："不过，我和他离婚时是悄悄的，对外我们找了些其他的理由。"

离开了琼·宾斯的家，两人又去找了吕蓓卡的姐姐，她说的情况和琼·宾斯讲的一致，也就是说，宾斯完全有可能利用从吕蓓卡的姐姐那里听到的一些情况去勒索了其他的人。在回警察局的路上，费历斯对警长说："可怜的吕蓓卡给我寄了一封信，她在信中说她遇到了一件十分棘手的事，我想，她说的就是这件事了。她发现宾斯是一个专门利用别人隐私来敲诈钱财的卑鄙小人，她要维护姐姐的幸福，可又不想把事情的真相告诉姐姐，所以，她十分为难……"

接着，费历斯就向警长讲了自己的推测：那天下午，宾斯叫吕蓓卡去书房，吕蓓卡就当面谴责了他，她本来是想叫宾斯悔过，可宾斯是个铁石心肠而又富有经验的伪君子，他知道吕蓓卡不会把这事告诉姐姐的，因为她姐姐知道后会绝望，甚至有可能会自杀。这时，宾斯为了从心理上制服吕蓓卡，故意装模作样要去告诉吕蓓卡的姐姐，他绕过桌子，装出马上要走的样子。吕蓓卡见他要走，十分惊慌，又加上极度的失望，为了不使这事伤害姐姐，她就抓起了书桌上的裁纸刀，向宾斯刺去……

警长听到这里，完全接受了费历斯的推测，两人回到警察局，警长说："我立即派人去搞新的供词，同时，立即申请一张逮捕证……"

费历斯见警长被自己说服了，这才轻松地吁了一口气，说："那么，吕蓓卡呢？"警长耸了耸肩，吹了一声口哨，说："我想，早些审理清楚，她是可以得到赦免的。"

在以后的日子里，费历斯和警长都为改变吕蓓卡的命运而默默地奔走着……这天，费历斯、警长和地方法院的一个法官一起去了监狱。监狱的墙是灰色的，而吕蓓卡的囚衣也是灰色的，面对来探望她的这些人，吕蓓卡显得有些局促不安，她对费历斯说："你虽然来了，但这已改变不了什么，因为我杀了人，杀人总是世上不可饶恕的罪行，我是个罪人……"

法官说："吕蓓卡，你绝不要这样想，要是我当时知道你的动机的话……再说，你并没有杀死他……"

法官这话一说，吕蓓卡惊得瞪大了眼睛，说不出一句话来。

这时，费历斯缓缓地说："吕蓓卡，你应该仔细想想，当时，你冲上去一下刺中了宾斯，你就放开刀跑了，也就是说，你最后见到他时，他已倒在地上，胸口插着一把刀……"

吕蓓卡的一双大眼睛忽闪忽闪的："是这样的。"

费历斯接着说："现在你一定记得，当时在法庭上，医生的证词说刀子刺进了左肺，而警察说他们发现刀子是在地毯上。"

"可我是刺了他，犯了杀人罪。"

费历斯的眼里闪着光，他说："不，你听我解释，刀子刺进肺部并不一定会置人于死地，要是医生及时赶到，用绷带把胸部扎紧，避免流血；动手术时再把刀子拔出来，缝好伤口，这样，是完全可以抢救过来的。"

吕蓓卡听到这里已激动得浑身颤抖："那……那是……"

"那是有人要谋杀宾斯，凶手故意把刀子拔了出来，血呛进了肺和器官，所以宾斯一会儿就死了。"

吕蓓卡问："那凶手是谁呢？"

说到这儿，一旁的法官开了口，他说："就是那天你姐姐叫来的医生贝蒂，她是你姐姐的好朋友。那个时候，宾斯正在敲她的竹杠，她恨死宾斯了。当时，她走进书房，看见宾斯躺在地上，在那一瞬间，她知道该用什么方法杀死他并能归罪于你。她戴上了手术套，以免在你的指纹上再印上她的指纹，然后她就杀死了宾斯，当然，她用的杀人方法不是把刀子捅进去，而是把刀子拔出来……所有这一切，贝蒂都已经承认了。"

听完这一切，吕蓓卡像是做了一个噩梦，眼里闪着晶莹的泪光，她激动地说："我是不是不久就可以回家了？"

法官把一张纸递给了吕蓓卡，那是"复审判决书"，法官说："不是'不久'，而是'现在'，我说的是真的。吕蓓卡，你现在就可以回家了。这一切的一切，你应该感谢你的朋友费历斯先生！"

费历斯笑了，就像以往做完每一件善事一样，笑得那样惬意……

（刘夏艳　编写）

（**题图**：箭　中）

梅洛利，德国当代著名作家。作品通过一段非同寻常的生死经历，真实生动地再现了女主人公的机智与勇气。情节设计看似平淡无奇，实际上却丝丝入扣，表现了作家驾驭情节的高超水平。

地狱之旅

这天塔玛拉特地起了个大早，一面听着新闻广播，一面迅速做好了早餐，然后叫来丈夫威廉一起用餐。就在昨天晚上，他们还吵了一架，但在餐桌上，塔玛拉好像什么事也没有发生似的，边吃边和丈夫商量道："威廉，我要用咱家的车去一趟丹佛。我要找银行好好地谈一次，也许他们能同意我们分期付款。这样的话，我们家那笔债不难偿清，咱们也用不着三天两头为此吵架了。"

威廉在国家公园工作，要用车的话，可以用单位里的公车，他听了妻子的话,想了想,便爽快地答应了。他劝塔玛拉到银行去时,说话要讲究些策略。谈不拢的话,就马上回家。塔玛拉点了点头,早饭后,夫妻俩就分了手,塔玛拉独自开着车走了。

汽车在一条僻静的大道上行驶,路的两旁林深树密。突然,塔玛拉睁圆了眼睛,她看到路边躺着一个人,一动也不动地躺在那里。心想,这人是不是让别的汽车撞上了?救人要紧!她赶紧停车,从车里下来朝那人走去。

那人在地上痛苦地呻吟着。塔玛拉的心紧张了起来。可就在她停下步,俯下身,伸手帮忙的一刹那,那人蓦地跃起,用手枪顶着塔玛拉的鼻尖,拖着她,把她按回车座上,厉声说道:"别出声!快,开车!"

不一会儿,那人开口问她的姓名。"塔玛拉。"她怯生生地回答。"塔玛拉?"他咕噜道,"这名字我喜欢。过去,我有个女朋友,也叫塔玛拉。可她卑鄙无耻地欺骗了我,居然和我的一个朋友暗中勾搭。顺便告诉你,我叫罗伯特·佐林,是个讨人喜欢的人。"

塔玛拉听了心中一惊。清晨,电台里说有个叫罗伯特·佐林的杀人犯从中央监狱逃了出来。难道眼前这个家伙就是他?塔玛拉感到自己的心在激烈地跳动。就在此刻,车厢里响起一阵轻轻的嗡嗡声。

"什么声音?""是无线电话。"塔玛拉一边说,一边拉开盒箱,那是威廉工作单位替他安装的一部无线电话。塔玛拉对那个叫罗伯特·佐林的人说:"这电话我不能不接。否则,对方会产生怀疑。"那人威胁道:"可你得放老实些!"话筒中传来她丈夫的声音:"塔玛拉,我为昨晚吵架的事向你道歉,你可别生我的气!""没关系,"她一边说,一边竭力不让眼泪流出来,"重要的是,咱们彼此依然相爱!""少废话。"那人凑近她的耳朵说。

威廉关心地问道:"你现在到了什么地方了?""快到丛林古

堡了。咱们的小宝贝,莎丽坦乖不? 你替我好好地亲一亲她!"

　　身旁的那个歹徒使劲地把枪顶住了她的腰部,恶狠狠地说:"快把电话搁上!""威廉,我得把电话挂了,"她压低声音说,"这地段的交通很挤,再见了,亲爱的!"

　　汽车又行驶了一阵,前面不远处有个加油站。"咱们该加油了,"塔玛拉说,"要不然,车子会抛锚的!"那歹徒以怀疑的目光瞅了一眼汽油计量表,最后才勉强同意了:"好吧,你呆在车里,闭上你的嘴,懂吗?"

　　塔玛拉把汽车开进加油站,歹徒冲着加油站的管理员叫了一声:"把油箱加满!"此刻,塔玛拉忽然从汽车的后视镜中看到一辆警车正在向加油站驶来。显然,歹徒也发现了这辆警车。"别动,沉住气,"他低声说,"否则,我就毙了你,塔玛拉!"

　　此时的塔玛拉,由于心情紧张,两只手在不停地哆嗦。不过,总算没有出事,两名警察把汽车停在一边,测试车胎的压力。塔玛拉故意把车子开了又关,关了又开,想引起警察的注意,没想到那两名警察,根本没把这细节放在眼里,而是和两个管理员有说有笑地聊了起来。歹徒用枪捣了捣塔玛拉,示意塔玛拉把钱包拿出来,然后从里面抽出几张付了油款。塔玛拉再次启动汽车,那个警察居然咧嘴一笑,对她点了点头。

　　汽车继续行驶了十多分钟,在一处建筑工地的路口遇上了红灯,并行的两条车道上长长地停满了各式轿车。这时,从左边的一辆车上走下一名男子,只见他轻松地舒展了一下身子,然后,轻轻地敲了敲塔玛拉的车窗。

　　"对不起,先生,"此人非常有礼貌地对坐在塔玛拉身旁的那个歹徒指了指他自己手上的那支香烟,说,"借个火,可以吗?"

　　此刻,歹徒正好从塔玛拉的烟盒里取了支烟在点火。在这种情况下,他很难拒绝车门外那个人提出的要求。于是,他无可奈何地嘀咕了一声,犹豫不定地瞅了对方一眼。终于,他一手拿着打火机,一手按动车窗的升降钮。

就在这一刹那,车门外那个人以迅雷不及掩耳之势,拉开车门,把枪顶住歹徒的太阳穴:"别动,我是警察!"而另一侧,几乎还没有来得及让塔玛拉搞清发生了什么事,她身旁的那扇车门也被打开了,"您别害怕,塔玛拉太太"另一名警察对她说。

"谢、谢两位!"她噙着眼泪,结结巴巴地说。

"用不着谢我们,您该谢谢您的先生,"警察说,"你俩根本没有孩子。所以,当他听到您要他好好亲亲您的宝贝女儿时,他就意识到出事了,于是,他立即报告了我们。在加油站那边,我们的两位同事认出了坐在您身边的正是那个越狱的杀人凶犯罗伯特·佐林。""他裹挟着我,为他开了这一段路,这真是太危险了,"塔玛拉心有余悸地说,"简直像是一趟地狱之旅!"

警察微微地对她一笑,说:"塔玛拉太太,您自己也真够勇敢的。顺便告诉您一个好消息:抓住这杀人凶犯罗伯特·佐林的赏金是相当高的。我想,您正需要这样一笔钱,不是吗?"

(秋　雨　编译)

(题图:箭　中)

利安姆·奥福莱赫提（1897—1984），爱尔兰小说家。以擅写短篇小说而著名。

1922—1923年，爱尔兰自由邦发生了争夺政权的内战，于是爱尔兰共和军也分成了"共和军"和"自由联盟军"两派，《狙击手》正是反映爱尔兰惨烈内战的一篇重要作品。

狙击手

天渐渐黑了下来，都柏林看上去很静，但这种静使人觉得诡异，因为此时都柏林的王宫已经被重兵围了个水泄不通，大战在即，一触即发……突然，重炮一声轰鸣，响彻全城，机关枪和步枪也紧跟着一齐轰响起来，共和军和自由联盟军的内战打响了……

在大桥附近的一栋平顶屋的房顶上，一个共和军的狙击手正密切地注视着这一切,他的狙击步枪就放在身旁,肩膀上还挂着一个双筒野战望远镜。他长着一张娃娃脸,五官十分端正,只是那双眼睛和他的年龄极不相称,他不到二十岁,但那双眼睛里却充满了对战争近乎疯狂的渴望,如果眼神可以做子弹,那么,他那双眼睛就是一枝世间最精确、最具杀伤力的死亡之枪。

这时,他感到很饿,从早上到现在已经一天水米未沾了,这段时间里,枪炮声使他极度兴奋,以致忘了饥饿。他拿出一小块三明治,那是仅剩的干粮,狼吞虎咽地把它吃了,然后又从口袋里摸出一小瓶威士忌,轻轻地喝了一小口,又马上把酒瓶放回了口袋。他犹豫了一下,决定冒险抽一根香烟,这是十分危险的举动,因为在黑夜里,任何一点光亮都会被敌军发现,可他顾不得这么多了,很快掏出香烟,叼在唇间,划着了火柴,赶忙用手拢住,点着了火,狠狠地抽了一口。几乎是在同时,"砰——"一发子弹呼啸着打到了他屋顶的挡墙上,狙击手又赶紧猛抽了一口,便扔掉了香烟,伏在地上,迅速挪动着身子,离开了危险地带。

狙击手小心地探出头来,他想仔细看看挡墙外面的情况,不料刹那间,又一发子弹呼啸着从头上掠过,好险!他立刻判断出对方也是一个狙击手,枪法精熟,而且就埋伏在他对面街道的那座平顶屋的屋顶上!他一个滚进,然后在烟囱后面隐蔽了起来。一会儿,他慢慢地站了起来,直到视线和挡墙顶部保持水平,可是他什么都没看见,对面的屋顶和天色融为一体,只能隐隐约约看见一个大致轮廓,他那个对手隐蔽得太好了!

正在这时,敌军的一辆装甲车穿过大桥缓缓向街心驶来,"嘎吱"一声,停在离街心只有50码的地方,屋顶上的这个狙击手离它实在太近了,他甚至能清楚地听到装甲车排气管"突突"的喷气声,他的心急骤地跳着,等待着时机射击,但他心里清楚这是徒劳的,因为子弹根本无法穿透这个浑身上下都裹满了钢铁的庞然大物。

突然，装甲车的炮塔打开了，一个人探出了脑袋，狙击手毫不犹豫地端起枪开了火，"砰——"那人随即应声倒下……

几乎是在同时，从对面传来一声枪响，狙击手的手一震，顿时感到麻辣辣的，他不由自主地丢下了枪。那枝步枪"哐啷"掉到了屋顶上，他弯下腰想把枪提起来，但他的小臂毫无知觉，无法动弹，他小声地诅咒道："该死，我被击中了！"

他躺在屋顶上歇息了片刻，然后用左手捂住受伤的右臂，爬回了挡墙。他倚着挡墙，只见伤口鲜血淋漓，渗透了衣袖，他从口袋里掏出小刀，划开衣袖，察看伤口。子弹已射入了骨头，他咬紧牙关，忍住疼痛，费力地掏出急救包，从包里取出碘酒瓶，拧开瓶盖，斜过瓶身，让碘酒缓缓滴下，滴在伤口上，一阵剧痛掠过全身，他倒抽了一口凉气，忍住痛把伤口包扎停当。这时，街道又恢复了宁静，那辆敌军的装甲车已慌慌张张地退回了大桥，那个被击毙了的炮手依旧耷拉着脑袋靠在炮塔边上。

为了不牵动手臂上的伤口，狙击手在挡墙后面平躺了好一会儿，他一边歇息，一边在筹划着：他必须在黎明前逃离这里，这才是生路。可周围只有一条路好撤离，但就是这惟一的路，还被那个埋伏在对面屋顶上的狙击手死死地堵住了，他清楚，必须击毙那个敌军的狙击手，才有活路，只可惜他的手臂受伤了，现在无法使用步枪，能用的只有身边这枝左轮手枪了……

片刻后，狙击手取下了军帽，将它套在步枪上，然后慢慢地伸出挡墙外，并缓缓地晃动着，直到那帽子可以被对方明显地观察到。也就在这一时刻，只听见"砰——"一声枪响，对方开火了，他立刻看到子弹在帽子正中穿了一个小洞，他赶紧把步枪一歪，帽子就掉落了下来。紧接着，他抓住枪身，让胳膊耷拉在挡墙外面一动不动，又过了片刻，他手一垂，步枪也掉落了下来，之后他的身子便沉了下去，这套动作一气呵成，天衣无缝，完全像是被对方一枪击中了的样子，然后，他迅速匍匐着爬到了挡墙的拐角,全神贯注地观察着对面的动静。嘿,敌人中计了,对面那个狙击手以为对方已被击毙,于是就从烟囱后闪出身来。尽管是在黑夜,但整个身体的轮廓却暴露无遗!

这个共和军的狙击手微笑着举起了他的左轮手枪,距离不远,大概是50码,但在这朦胧的夜色中要精确射击还是比较困难的,他的右臂仍感到钻心的痛,他稳住心神,再次确认目标,又用力抿了抿嘴唇,深吸了一口气,紧接着就扣动了扳机……

硝烟散尽,这个共和军的狙击手看到对方被击中了,那人似乎是忍受着极大的痛苦,摇摇晃晃地从挡墙后站了起来,挣扎着挪动脚步,他的那枝步枪已经从手中滑落,掉到了街边的人行道上,很快,那个敌军狙击手从屋顶上一个跟斗栽了下来,他的身体在空中打了个旋,便重重地砸在街面上,再也爬不起来了。

共和军的狙击手静静地注视着这一切,看着死去的敌人,他感到十分畅快。他又从口袋里掏出了那瓶威士忌,惬意地喝了一大口,他决定离开屋顶去寻找部队和战友。周围静悄悄的,现在穿越这条街道已经不是那么危险了,他弯下腰去,捡起了那把左轮枪,插到了腰间,然后顺着天窗爬下了屋子。

他来到了街道上,突然冒出了强烈的好奇心,他想知道那个被击毙的敌军狙击手到底是一个怎样的人,多大年纪,什么模样,但不管是谁,单从枪法上看,那人绝对是个很棒的射手。于是,他决定冒险跑过去看看那个人。

这个狙击手疾步穿过大街,没想到却被敌人的一挺机枪给盯住了,"哒哒哒"子弹像冰雹一样铺天盖地般地向他扫来,他一个鱼跃,扑到了那个狙击手的尸体旁,便把脸埋在地上,像个死人一样,一动不动,一会儿,机枪便停火了。

然后,狙击手费力地把那具尸体翻了过来,他惊呆了,他看到的是一张熟悉的脸,那是他的哥哥……

(张宁生　编译)　(题图:箭　中)

弗·司各特·菲茨杰拉德（1896—1940），20世纪美国最重要的小说家之一。1920年发表第一部长篇小说《人间天堂》而一举成名。他的作品富于想像力，生动而形象地表现了第一次世界大战后年轻一代"美国梦"的破灭。

饭店那么大的钻石

约翰是个中学生，出身于美国密西西比河畔的一个小城，父亲是个商人，为了让儿子将来能有出息，他把约翰送到了波士顿的贵族学校去读书。在学校里，约翰和吉斯米最要好，吉斯米是个漂亮的女孩，但她从来不对任何人说自己家的情况。暑假时，吉斯米邀请约翰到她家去玩，她只是说家在"西部"。约翰对吉斯米的家庭一直很好奇，便答应了。

在火车的餐车上吃午饭时，吉斯米突然说了一句："我的父亲可是世界上最有钱的人,他有颗钻石,像法国巴黎的里茨饭店那么大哩。"

约翰听了眼睛瞪得很大很大,这……这怎么可能呢? 这天晚上,火车到达美国西北部的一个偏僻小站,他俩下了车,登上一辆早就等候着的极其华丽的轿车,轿车驶过一片荒无人烟的土地,在一个山峡口停了下来。夜色之中,几个人影走到了汽车旁,他们用四根粗粗的绳索钩住了汽车轮子,汽车慢慢离地而起,越过了一座刀刃般的峭崖,接着又开始下降,最后轻轻一碰,"啪"他们落到了平坦的地面上。吉斯米说:"再走5英里就到家了,现在我们是在落基山的中部,这里是美国仅有的、从未测量过的5平方英里的土地。"

"为什么没有测量? 政府忘记了这5平方英里的土地吗?"

"不,政府曾三次想测量这片土地,我父亲都想办法应付过去了。"

汽车绕着一片月光照耀下的湖,驶上了一条林阴路,眼前出现了一座华丽的城堡,整个城闪耀着大理石的光泽,高塔上装饰着彩灯,千百扇各种形状的窗子流金溢彩,就像一个童话世界。汽车在门前停下,两扇大门无声地打开,一位穿着盛装的贵夫人站在门口微笑着,吉斯米走上前,对那妇人说:"妈妈,我带来了我的朋友约翰。"

吉斯米的妈妈友好地表示了对约翰的欢迎,她把约翰引进了屋里。城堡里极尽奢华,厚厚的水晶砖下面是碧绿的水和千姿百态的游鱼,他们穿过象牙构筑的回廊,穿过一个个迷宫般华美的房间,房间的墙壁都是用纯金和钻石镶嵌的。晚餐极为丰盛,餐盘都是用钻石和翡翠制成的,一边吃,一边还伴着悠扬的音乐。

饭后,约翰被安顿在一个豪华的大套房休息。一会儿,吉斯米走了进来,她换了一条雪白的裙子,头上戴着镶宝石的花环,显得分外漂亮,约翰第一次发现吉斯米竟是这么的美,他呆了呆,说:"吉斯米,我得向你道歉,你在火车上说你家有一颗像里茨饭店那么大的钻石,当时我还不相信呢。"

吉斯米微微一笑:"我知道你不会相信。我们城堡坐落的这座山,并不很大,可是除了表面50英尺厚的草皮和碎石以外,整座山就是一颗大钻石,有一立方英里大。"这天晚上,两人聊得很开心,也越来越亲近,吉斯米红着脸,低低地说:"我喜欢你,你愿意跟我好吗?"约翰的脸也红了,他只是连连地点着头。

在这个夜里,吉斯米对约翰讲了她的家史:她的祖父是南方人,南北战争后他带了一些黑奴来到蒙大拿,想办个牧场。有一天,他在山里追一只松鼠,松鼠逃进洞里,却把嘴里衔着的一块亮晶晶的东西丢下了。吉斯米的祖父拾起来一看,竟是一颗大钻石!那天深夜,他带着黑奴来到那个松鼠洞边拼命地挖,他发现这座山整个就是一颗巨大的钻石,差不多相当于全世界其他地方已探明的全部钻石的储量,全世界的黄金也只能买这座山的一个角!他严格地保守住了这个秘密,只是带着两大箱钻石去了国外。两年后,他的财产已经高达十亿,他在这里建起了钻石王国。吉斯米的父亲把继承的财产分存在千百家银行里,这些财产已经足够他的家族世代享受富贵了,现在他只操心一件事,就是保住这个钻石山的秘密。

约翰像听神话故事一样地听完了吉斯米所讲的家史。

吉斯米的父亲布拉多克先生对约翰也很好,他四十岁左右,长着一张傲慢的脸,一副结实的身材。他经常带着吉斯米和约翰去捕鱼、打猎、骑马、打高尔夫球,约翰还常常和吉斯米偷偷幽会,她的柔情使约翰如醉如痴,他真觉得自己每天都生活在梦幻之中。

就在约翰尽情享受着愉快的暑假生活的时候,发生了一件使约翰意想不到的事:一天,一家人正在打高尔夫球,吉斯米突然问父亲："爸爸,铁笼子里还关着很多人吗?"

布拉多克先生愣了一下,接着骂了一句,说:"跑了一个,真麻烦,都是你妈妈惹的事,她把里面的一个人挑出来做技工,可是他刚出来没几天就跑啦!我派了人分头去附近的城镇找,没找到……这些人真是麻烦,不过该他们倒霉,他们的飞机发现了我的宝山,被我的高射炮打了下来,哼,他们谁也别想活着离开这里!"

约翰听了后心里说不出是什么滋味,可吉斯米又说了一件事,这更使他吓得魂飞魄散!

那是一个晴朗的下午,两人依偎在林子里聊着天,吉斯米无意之中吐露了一个令约翰不寒而栗的天大秘密:布拉多克夫妇为了不使家里人太寂寞,就千方百计地邀请附近一些女孩来家玩,可每次在她们玩过后离开之前,为了避免这里的秘密泄露出去,布拉多克在她们熟睡时把她们都毒死,对她们的家里人就说是得猩红热死了。

约翰听完了这一切,气得肺都要炸了:"天哪,真让人恶心!你们为了解除寂寞,就这样不断地邀请她们上你们家来?所以也把我找来和你谈情说爱,还说着结婚什么的事,都是为了取乐!你一直清清楚楚地知道,我绝不可能活着出去!"

"不!"吉斯米激动地说,"起先我是那样想的,我认为在你生命的最后几天,我们两个谈情说爱也许都是快活的,可是后来我真心爱上你了。约翰,请你相信我,我和你一起走,要死就一起死!"

约翰看着吉斯米的眼睛,看了好久好久,他相信了她的话:"好吧,那我们就好好商量一下,今天晚上——"两个人又相依在一起窃窃私语起来。

当天夜里,约翰躺在床上正想着如何脱身,忽然听到房间外面传来轻轻的脚步声和低低的说话声,他急忙爬上二楼平台,在那里居高临下,从窗子里看到有三个人影冲进了自己住房的起居室。约翰惊恐地向楼梯跑去，就在这时，电梯的门开了，布拉多克先生站在电梯里对着三个人影喊道："快快，你们三个都快进来！"三个人听到喊声，急忙回身跑进电梯，电梯"呼啦"向上升去了。

约翰吓得浑身发软，他猜想这些人一定是来杀自己的，可是布拉多克为什么又急匆匆地把他们喊走呢？不管怎么说，现在正是逃跑的机会，于是他又偷偷地跑到吉斯米的房间，房门开着，吉斯米穿着睡衣站在窗前，正听着什么，她见约翰进来，忙说："你听见那些飞机了吗？起码有十多架，一定是那个逃跑的飞行员……"她话音未落，就听到一阵刺耳的爆炸声，两人跑出房间，进了电梯，来到屋顶平台上，只见月光下，12架飞机在空中盘旋着，地上的高射炮连连射击，火光映红了半边天，飞机也开始投弹，整个山谷到处是硝烟，到处是轰响……

约翰对吉斯米说："你父亲刚才已经派人来杀我了，就是因为有飞机来，才打乱了他的计划！现在飞机正在轰炸城堡，我们赶快逃出去吧！"

"好吧，我得去穿件衣服。"吉斯米孩子气地说，"我们这下要变穷了，是不是？我会成为一个孤儿，自由而又贫穷，多有趣！"说完，她忘情地抱着约翰亲吻着。约翰的神色却显得有点严肃："你大概不知道贫穷是怎么回事吧？我要提醒你一声，你最好把你首饰匣里的珠宝首饰都装到口袋里！"

十分钟后，他俩跑出了城堡大门，登上一条盘绕着钻石山的小路，到半山腰时回头看去，城堡里的高射炮已被飞机全部炸毁，两架被击落的飞机残骸在燃烧。他俩拉着手向更高处走去，天亮时爬到了另一座更高的山上，远望钻石山下的城堡，飞机正一架一架地降落在城堡前的草坪上，飞行员们提着步枪正一个一个地向钻石山爬去。在高高的山上，也有两个人在向上爬，吉斯米惊叫起来："那是爸爸妈妈！"

约翰紧紧地搂着吉斯米,默默地看着远方的钻石山:只见吉斯米的父母在一块突兀的岩石旁停了下来,突然,岩石间的一扇活门打开了,两人钻了进去,那门又关上了。

看到这一情景,吉斯米抓着约翰的胳膊叫道:"那是一条地下通道,我们应该和他们一起——"话还没说完,突然间"轰隆隆"一阵巨响,钻石山上闪起了一片炫目的黄色火光,闪烁了一会,就暗了下来,山上露出了发黑的土地,那些飞行员全被烧得干干净净,没留一丝痕迹……紧接着,又是一阵山摇地动般的轰响,整个城堡飞上了天,炸成无数火红的碎片落进湖里,这座由无数珍宝筑成的城堡,顷刻间已经变成了一堆废墟。看来,吉斯米的父亲知道钻石山的秘密已经不保,于是就亲手毁掉了这个王国和他的全部家业,也毁灭了他自己,只有吉斯米幸存了下来。

落日时分,约翰和吉斯米来到了那座高高的刀刃般的悬崖,这原是钻石王国的边界,他俩坐了下来,约翰擦干了吉斯米眼角挂着的泪水,体贴地说道:"一切都过去了,亲爱的,你就要告别过去,过正常人的生活了。"吉斯米点点头,依偎在约翰的怀里。

约翰突然想起了一件事,说:"把你的口袋翻过来,看看你带了哪些珠宝,要是你挑得好,我们这辈子还可以过得舒舒服服的呀!"

吉斯米顺从地把手伸进兜里,掏呀掏,掏出了两把闪烁发光的宝石,约翰高兴地说:"挺不错呢,它们不很大,可是……"当约翰把其中一粒举到落日余晖中审视时,他的脸色变了:"这不是钻石,这些都是玻璃球啊!"吉斯米把那粒东西拿了过来,看了看,说:"我明白了,这原是一个女孩衣服上的东西,她是我妈妈找来陪我玩的,我用钻石和她换了这些。我这辈子只见过贵重的钻石,已经腻味了,我更喜欢这些玻璃球。"

约翰听了,把吉斯米紧紧抱在怀里……

(杨立伟　编译)

(题图:箭　中)

　　这篇《阳光下的女孩》是根据日本著名作家赤川次郎的作品改编的。赤川次郎总是通过扑朔迷离、波澜迭起的情节把读者导引到一个极为真实的现实社会中，让他们感悟真实的人生。

阳光下的女孩

　　那天黄昏，东京的街头细雨霏霏，一阵阵寒风吹来，使人觉得冷飕飕的，街上行人不多，即使有这么几个，走路时也都是行色匆匆的。笠原忙完了一天的活，感到有点疲倦，正懒洋洋地在街上走着，突然，耳边传来一声少女的说话："喂，您把我买一夜吧！"笠原开始没有听清楚那少女要他买什么，等他明白了，禁不住有点吃惊，他没有理睬，依旧匆匆地走自己的路。

　　那个十六七岁的姑娘还是紧紧地赶了上来："您等等，让我陪陪您嘛！"她一边说着，一边走到了笠原的面前，笠原一看，只见她穿着中学生的校服,外面套着灰大衣,头发被雨淋湿了,像擦了油似的。

笠原瞪了那少女一眼:"是跟我说话?"

"嗯。"少女羞涩地回答了一声,不安地四下张望着。笠原不动声色地说:"可咱们不能站在雨地里说话呀——跟我来!"他把少女领到了附近的咖啡馆里,要了一杯咖啡和一杯可可,他把可可挪到了那少女的面前:"你知道你在干什么事吗?"

"知道。"姑娘毫无表情,望着手中的可可杯子回答。

"常干这种事?"

"不。"

"为什么要干这事呢?"

"……我急等钱用,我马上需要两万元钱。"

两人喝完后,就在小旅馆里开了一个房间,房间很小,连躺的地方都没有,他们只好坐在榻榻米上。笠原点起了一支烟,仔细端详着她,她却用手捂住脸,低着头一动不动。

经过一番谈话,笠原终于打听清楚了:少女是女子中学高中二年级的班长,为了祝贺班主任结婚,拿了全班凑的两万块钱上街买礼品,谁知刚出校门,就被几个无赖把钱抢走了。她想告诉爸爸妈妈,可又怕他们去报告警察,无赖吃了亏后将来会收拾她,万般无奈,才想到用这种方法挣两万块钱。

笠原心头一动,他明白,如果那少女说的都是实话,那么,她无疑已经陷入了自己挖掘的一个陷阱,如果没有人帮她一把,她将难以自拔。想到这里,笠原就问:"已经跟几个男人搭讪过了?"

"您是头一个。"

"你怎么看中了我?"

"我觉着,您是个可以信赖的人。"

这时,笠原掏出钱包,毫不犹豫地取出两万元给了少女:"喂,傻丫头,你可以回去了!"

少女立刻惊慌起来："这……我可是还不起您的……"

笠原说："这钱是给你的，不要你还。"对方是个不得已才拉客的少女，他怎么能够忍心乘人之危做这种事？笠原催促少女把钱收好，并再三叮嘱路上小心，不要再把钱弄丢了。少女收好了钱，怀着感激之心，眼泪汪汪地离开了小旅馆。

雨停了，笠原离开旅馆回家，此时，他的心情比哪天都好。他今年三十五岁，和妻子澄江结婚八年了，他并不爱澄江，当然，澄江也从没给过他好脸儿，夫妻俩就这么不冷不热、不咸不淡地过着日子。

笠原到了家，开了门，叫了一声："我回来了！"和平日一样，没有回答，笠原走进卧室，就在这时候，令人触目惊心的情景出现在他的眼前：他的妻子澄江赤裸裸地躺在血泊里，胸前有个刀戳的大口子，淌出的血已经凝结成硬痂，尸体旁扔着一把塑料柄的尖刀……

笠原走上前，蹲下了身，从地上捡起了刀子，他拿着陌生的刀发呆，想在刀柄上发现点刻字什么的。

这时，一个邻居走了进来，"喂，有人吗——啊！"他看见了屋里的情景，大叫一声，转身跑了。邻居一叫，笠原这才猛地惊醒，他知道，邻居多半是去报告警察了，他马上离开了住所，当天晚上，笠原在公园的长椅上躺了一夜，他害怕警察来拘捕，害怕说不清楚是怎么回事。

第二天，笠原没有去上班，只是在公园附近随意地走，下午，他竟然鬼使神差般地来到了女子中学的门口，他在那儿站了没多久，竟意外地看到那少女向他走来，她说："我从报上看到了——您夫人死得真惨！"

笠原一听，惊奇地说："这么快就上报了吗？"

"是的……不过没写谁是凶手，只说邻居看到您拿着刀子站在尸体旁。"

"不是我干的,这你应该知道!"

"我知道。报上说,您夫人是七点左右被害的,那时候咱们正在旅馆里……您一宿没睡吧?请到我家来休息吧,父母都外出旅行了,家里只有我一个人。"

笠原犹豫了一下,但毕竟太困了,最终还是跟着少女到了她的家。当天晚上,那少女把父母的房间让给了笠原,还把床上的被子、床单、枕头全换成了新的,笠原实在是太疲倦了,躺下就睡,一觉醒来,竟到了晚上十点。

少女让笠原洗了个澡,一会儿就把饭菜都端了上来,她一边陪着笠原吃饭一边说:"我想,我应该去警察局,证明您那会儿不在家。"

"不行。"笠原果断地说,"咱们本来又不认识,要把真实情况说出来,说那会儿你正和我在旅馆里,说不定你就会被学校开除的,那时候谁会相信你是清白的呢?反正我不是凶手,等他们破了案,我就没事了。"

笠原说完了这番话,禁不住长长地叹了一口气。他想:谁是凶手呢?要说是抢劫财物,屋里东西一样没少;要说是强奸,澄江脱下来的衣服叠得齐齐整整地放在枕边,也就是说,衣服是她从从容容地自己脱下来的。

那少女看着笠原一副愁眉莫展的样子,试探着问:"您的夫人有情夫?"

"说不准,或许有……天晚了,我得告辞了,谢谢你的款待。"

少女有点不放心,问:"您到哪儿去呢?这么晚了,天又下着雨。"

"只好去朋友家借宿一晚了。"

"您朋友会报告警察的,外面正在找您。"

"我先打个电话试试。"

笠原打了三个电话,只有第三家同意他去。他放下电话,匆匆走了。

路上,笠原怕别人认出自己,给朋友找麻烦,尽量走小街。没走多远,他就看见朋友家的灯光了,几乎同时,他也看到了黑暗中停着的警车。他站住了,不知如何是好,就在这时,突然,从背后伸过一只手来,挎住了他的胳膊,这人,正是那个少女!

"快跟我走吧,趁警察还没看见您。"少女拉着笠原就走,"您真傻,您就这样任凭朋友出卖,也不生气?"

笠原无力地低着头说:"人家有人家的难处,我处在那个地位,或许也会这么做的。"

少女突然哭起来,笠原愣住了,忙问:"你、你这是怎么了?"

"您真傻,您太老实了……"

笠原面临着两难的境地:要想洗刷自己的冤屈,这个少女是惟一的证人,而若是让那少女作证,就会使她因为那一个晚上和自己在小旅馆里而声誉受毁!笠原左思右想,最后决断地站起来说:"我还是应该上警察局。"

少女急了,扑到笠原面前拦住了他:"不行!您千万别去!"

"你放心,我一句也不提你,我只说那会儿正散步,九点才回的家——我走了。"

少女听笠原这么一说,禁不住哭了,她抽泣着说:"我并不是处女……昨天,是我骗了你……我已经陷进了那一伙人的圈里,您跟警察说吧,反正早晚我就要被开除了,没什么关系的。"

笠原听少女这么一说,呆住了,最后还是那少女硬拉着笠原回到了她的家,当天晚上,笠原就睡在她父母的房里。第二天上午,少女陪笠原来到了警察局。

少女由一个女警官盘问。盘问笠原的是一个戴眼镜的中年警官,那警官说:"你的妻子死得很惨,我们一直在找你,因为我们抓到了一个嫌疑犯。"

笠原奇怪地问:"嫌疑犯?报上不是说,有人看见我拿着凶器吗?"

警官一笑,说:"哪会有凶手作案后拿着凶器站两个小时的呢?"

"嫌疑犯是谁?"

"你妻子的情夫,一个飞车团的小伙子,邻居们见过他多次,他作案后逃走时让邻居碰见了……要见见他吗?"

"好。"

一会儿,那个中年警官把笠原带到了审讯室里,椅子上已经坐了一个穿皮夹克的小伙子,笠原从没见过这个人。

小伙子问笠原:"你是谁?"

"笠原,死者的丈夫……你跟澄江交往多久了?"

"一年了吧,"小伙子回答得若无其事,"一个挺好的女人哪!"

那中年警官问道:"你为什么杀她?"

小伙子见警官这么问,立刻大叫起来:"你们真的是冤枉人了,不是我干的!"

"有人碰见你了。"

"准是看错人了,不信,把我的女朋友找来问好了,那时候我们俩正在一起。"

几分钟后门开了,一个警官在门口说:"请来作证的姑娘来了。"

中年警官点头示意:"让她进来。"他话音刚落,一位少女款款走进来,笠原一看,顿时傻了似的望着她,真是想不到啊,这两天和笠原交往的那个少女,竟然是眼前这个杀人嫌疑犯的女朋友!笠原像在战场上负了伤一样准备败下阵来,内心深处的不甘心,使他又狠狠地瞪了小伙子一眼,嗨,那家伙的脸上正露着得意的笑呢!

中年警官问那个少女:"前天下午五点至九点,您是跟这小伙子在一块儿吗?"警官的目光盯着她,笠原和小伙子也都把眼睛瞪得大大的,在场所有的人都在等着少女说话……少女的神色显得很平静:"前天? 前天我没见过他。"

"真的吗?"

"真的没见。"

这会儿,小伙子几乎要跳起来了:"你这个贱货!"

少女没有理睬那个小伙子,只是不慌不忙地问:"我可以走了吗?"警官点了点头,少女便退了出去。

中年警官冷笑着问那小伙子:"这就是你提供的证人?"

"她是婊子! 贱货! 她胡言乱语,你们别信!"小伙子尽管暴跳如雷,但已经失去了信心。

笠原飞也似的跑出警察局,追上了那个少女,他气喘吁吁地说:"等一等我。"

"您知道了吧,那小伙子真是我的男朋友,他跟您妻子一直有着关系,已经很长时间了,最近他想甩开您妻子,您妻子不干,威胁他说:'你要甩掉我,我就到警察局去告发你贩毒!'我的男朋友怕了,这才决定干掉您妻子。前天,他让我缠住您,他好下手,万一事发,我还可以做他的旁证。"

笠原听完,冒出了一身冷汗:"那你怎么不给他做旁证了呢?"

"我不喜欢他。"

"得罪了那一帮子人,你不怕他们报复吗?"

"您光知道担心别人的事,我怎么好净想自己呢!"少女说着一笑,跑开了。

这时,多日的阴雨总算是停了,太阳出来了,笠原看着那件女子中学的校服在一片阳光中远去,直到那少女隐没在人群之中……

（于和祥　编写）

（题图:箭　中）